立川談志 まくらコレクション

風雲児、落語と現代を斬る！

立川談志［著］

竹書房文庫

まえがき

立川談志をおいしく召し上がっていただきたい。そのために、立川談志の食べ方を少々述べておきます。

立川談志とは、つねに揺れ動いた存在です。揺れ動いてみせたといってもいいです。揺れそのものがこの師匠の本質で、とにかく面白いところです。あっちいったりこっちいったり、つかみどころが難しい豆腐みたい。

この本を手に取っているあなたは、立川談志ファン歴ウン十年の人から、いままさに興味本位で手に取ってみたという人までさまざまだろうと思います。現在活動する「立川」という名のつく落語家は、すべてこの談志師匠からはじまっています。その源流の名を知ってはいたが、触れたことがない、音源もＤＶＤもまだ触れたことがない、だから、ようやくいま手に取ってみた。そういう人もいるかもしれません。

そして実際、生前の談志師匠はつねにそういう両極端なお客さんを相手に高座を繰り広げていました。巨大な存在の宿命ともいうべきか、「わかっている人」だけに向けてやっていくわけにもいかないし、はじめての人を絶対に置き去りにはしない。ロックに触れて、ビートルズまでさかのぼる人もいるし、ずっとビートルズに浸っている人もいる。立川談志とは、それくらいの存在でした。あなたのような存在がいるのには気づいているし、どうしたら喜んでくれるかもわかっちゃいるけど、それが本当に落語という芸能のためなのか、あなたどう思う？　その問いをお客さんと共有して、言った本人が揺れ動いている。その「揺れ」そのものを楽しんでいるようにもみえます。

談志師匠の独演会には、濃いファンから、「はじめての人」までが来ちゃうんです。とくに80年代から90年代にかけての談志師匠の動きと「落語立川流」創設以降の弟子たちの活躍によって、若い人でも「ちょっと聴きに行ってみようかな」という気にさせるだけの磁力が談志師匠にはありました。本書に収められているのは、そういう時代の談志師匠のまくらです。

古典落語と言われる作品群が存在しますが、はじめての人は、なぜ現代においてわざわざ「古典」を聴かなければならないのか、それは現代劇ではダメなのか、もやっとした疑問を抱える人がいます。それに対して、古典を聴く動機付けができる演者がいませんでした。談志登場以前には、ただ「作品」の完成度を高めて良作を追求するグループ、そしてもう一方にひたすら漫談などで笑わせて売れに売れて「個性」で勝負するグループ、両極端な売れ方しか存在しなかったようです。テレビというメディアの台頭が、後者グループを生み出したとも思います。しかし談志師匠は両方の要素を持った珍しい演者でした。作品の質を追求し、新たな解釈をして、現代にも通じるテーマを見出した。同時にメディアでも活躍して、お客さんの裾野を広げた。そして、この両方の要素を持った数少ない演者のなかでも、多様な娯楽のなかでの落語の存在に問題意識を持っていた唯一の人物でもありました。だから、現代人に古典の世界を理解するだけの導線を「まくら」で語った。そう、まくらは古典落語と現代を繫げる架け橋だったのです。

今回、本書に掲載されている「まくら」の数々のなかにも、談志以前と以降の落語界の状況を語る部分が多々出てきます。落語や、あるいは人の生き方としてなにを良しとするかという美学について、談志師匠の「血の叫び」がおさめられています。

作品性を追求し普遍性を高めるか、あるいはくだらなさを追求して大衆性を高めるか。同時期におなじ釜の飯を食った仲間たちを、良く言ってみたり、悪く言ってみたり。過去を懐かしむように語っていながら、現代を肯定してみたり。伝統か、革新か。考えをこれと固めずに、生煮えのまま試行錯誤、その「揺れ動き」を一緒に楽しむのが、立川談志をおいしくいただくコツです。まくらのまくらは、ここまで。それでは、

6

召し上がれ。

サンキュータツオ（漫才師／日本語学者）

目次

編集部よりのおことわり

◆本書は「まくら」を書籍にするにあたり、文章としての読みやすさを考慮して、全編にわたり新たに加筆修正いたしました。

◆本書に登場する実在の人物名・団体名については、一部を編集部の責任において修正しております。予めご了承ください。

◆本書の中で使用される言葉の中には、今日の人権擁護の見地に照らして不当・不適切と思われる語句や表現が用いられている箇所がございますが、差別を助長する意図をもって使用された表現ではないこと、また、古典落語の演者である七代目立川談志の世界観及び伝統芸能のオリジナル性を活写する上で、これらの言葉の使用は認めざるをえなかったことを鑑みて、一部を編集部の責任において改めるにとどめております。

落語講座

一九八二年五月二十七日　神奈川県民ホール
第一三回　県民ホール寄席　仲入り前『山号寺号』のまくらより

【まくらの前説】

一九八〇年の一月に第一回が開催された「県民ホール寄席」に、立川談志が初登場した日のまくら。この日は、立川談志四十六歳、落語協会分裂騒動から、四年後、参議院議員の任期満了から五年後にあたります。

一月、林家彦六（八代目林家正蔵）逝去。十二月、五代目春風亭柳朝、脳梗塞で倒れる。


本当にいい拍手で、迎えていただいて、ありがたいやら、恐縮するやらでね。ということは、あー、それに応えるだけの内容が、今、ないの（笑）。

じゃ、なぜここに出てくるんだってことなんですが、やっぱり断り切れないんですな。

えー、金銭的な魅力もさることながらね。えー、断り切れないです。

断ってしまったほうが自分に正直なんですけど。ダメなんです。やっぱ独演会だから、勝手なことを喋らせてもらいますけどね。

落語に飽きっちゃってるんです。私の師匠の（五代目柳家）小さんも、味噌汁の宣伝してるけど、飽きっちゃったんです。飽きたから、……あの、飽きるということは、落語に対して冒瀆だと思ってるからね。そういうことは言わないんです。枯れたとかなんとか言ってるんですね。

枯れたんじゃない、飽きっちゃったんです。見てて魅力がないもん。だから剣道なんぞやってて、時々反省したりするんじゃないですか、高座がいくらかかっていう。

（三代目古今亭）志ん朝も飽きちゃったんじゃないかと思うんですね。まだ小さんほどの歳じゃないから、芝居やって気を紛らして、時々帰って来るんですよ。

（五代目三遊亭）圓楽は頭がおかしいから、あのまんまでいいんだけれども（笑）。ありゃもう教祖みたいになっちゃってるからね。反省したらいられなくなっちゃうからね。ただもう、やみくもに、落語は滅茶苦茶だけど、とにかくひた走りに走ってるだけなんです。ヒトラーみたいなもんですよ。それでガクンときて、死ぬんじゃないかと思ってるんですがね、ちょっと死なれると困るんですが。

えー、そんな状態でね。（六代目三遊亭）圓生師匠なんか、「ネタが多かった」とかなんとかって言うけどね、あれ、売れなかったからネタも増えるんですよ。客が期待しないからね、平気で実験作をやれたんですよ。

今の（六代目三遊亭）圓窓みたいなもんでね（笑）。五百噺っての、あれは偉いわな。いい。偶然だろうけど、いいところに発想してる。五百の噺に挑戦する。ある程度不可能なことをやるわけですから。つまんない噺が出るのが、当たり前だという、こういう前提が入っちゃうからね。ありゃ上手いんです、やり方がね。そこまで考えてやったわけじゃないいんだろうけど。

（八代目桂）文楽師匠っていうのは、最後まで、飽きちゃいけない、飽きちゃいけないと石炭を焚き続けて、とうとう燃えなくなって辞めちゃった人なんです。

圓生師匠は、五十過ぎから売れたから、もう売れて売れて嬉しくて、落語へ取っついて、落語へしがみついてるのが、どんどんお客から反応が返ってくる。これで、その絶頂に死んだ人なんです。

わたしども若い時分から売れてるもんですから、そういう感激がないんです（笑）。やがて、（春風亭）小朝なんかもそういうジレンマが来ると思うんですけどねぇ。（五代目古今亭）志ん生だけが、ちょっと違ったですね。それは後ほど、話をするんですけど。

淡谷のり子ってオバサンが、あの人はね、素晴らしい人でね、いつだかわたしの番組のゲストに出てくれて、そこへ、筑波久子《つくばひさこ》とかいう、昔、日活で売れてたなんか裸になった女優、それがもう女優なんかとても務まらなくなって、外国行って、ヌーディストクラブかなんかへ入ってね、そこで体験したことを話しに来たわけ。

「談志さん素晴らしいわよ。青い空、白い砂浜、永遠に透き通ったようなコバルト色の海で、男も女も一切かなぐり捨てて、生まれたままの姿になって、そこでお互いにすべてを愛し合い、または戯れ合い……」

「裸でそういうことすると、砂が入ってジャリジャリすんじゃないの?」(笑)

「すぐそういうところへもっていく。そうでなくて、すべてそういうのも含めた、その永遠の男と女、捨てたその人間性の……」

なんて、さんざっぱら言ってやんの。うん。で、淡谷さんに、

「淡谷さん、あれどう思いますか?」

って言ったら、

「バカでなきゃ出来ねぇよ」

って言ってました(笑)。

その通りでね。これはもう、寸鉄人《すんてつひと》を刺すような会話を淡谷さんする。で、淡谷さんが

ね、

「あたしゃ、何回この『雨のブルース』唄っても、あたしゃ飽きねぇね」

って言ってたけどね。

「やるたんびに違うからね」

って言ったけど（笑）。わからないんだ、それがね。なぜ飽きないのか？

わたしがね、芸人だからサイン頼まれて、溜めておくと、たくさんあるのを時々処理する場合があるんですよ。サインなんて一切しなかったんですけどね。選挙やってから、割と抵抗なく出来るようになった（笑）。

それでね、その自分なりの、その出来上がったというか、自分なりの満足の形ってのは誰しもありますわな。万度《ばんたび》同じにっていうよりも、万度違うんです。ええ、違うんですよ。

昔、（三代目春風亭）柳好が、先代の柳好が、

「その晩の体の調子が、いくらか噺のほうへ障るくらいでございますんで」

というのをまくらに入れましたがね、その晩の体の調子によって、その日によって違うんですね。違うから何とかその自分の、まあ理想とは言わないまでも、一つの出来上がった、そのものに近くしようとする。その度に変わる。あー、いけない。こう戻そう。こう

戻そうと、淡谷さんはそういうことを言ってるんじゃないかと思うんです。
と、わたしの場合はね、やるたんびに違うんです。違うけど元へ戻らなくなっちゃうんです。こういう風にいっちゃうんです。うーん、始末が悪いんです。

ざっと落語の歴史を言いますとね、まあ、落語が好きで来ているんだから、皆お分かりだと思うんですけど、釈迦に説法で申し訳ないんですが。まあ昔の落語なんてのは、どんなもんなんですかねえ。それこそ、（初代林家）三平さんみたいな部分もあったろうし、それから、文士が集まって小噺を発表会してみたり、寺の境内だとか、境内までいかねえ、まあ本堂だとか、湯屋の二階だとか、料亭だとか、そんなとこで演《や》ってたんでしょうな。

で、そのうちに、江戸の末期から興行やるようになった。と、そこへ（三遊亭）圓朝《えんちょう》が出てきちゃったんですねぇ。その頃もうシェイクスピア翻訳してるんだから、頭のいい人でしょう。文学者としても一流だってんですから。遥かに我々みたいに、教わったネタで食ってるのと違うんです。で、これが素晴らしくなって、その弟子たちが多くの類型を呼んだわけですわな。圓朝が典型になって、（橘家）圓喬《えんきょう》だとか、圓右《えんう》だとか、当時代議士やった伊藤痴遊《ちゆう》だとか……、形式はあたしに似てるんですけどね、内容は遥かに上です。伊藤痴遊全集なんぞ読んでると、司馬遼太郎のネタなんか、みんなここから持って来てます。あれ全部読むと、全てが、おんなじようなエピソードありましてね。

(伊藤が切符を買わずに)当時の市電へこう乗り込んで、市電の車掌が、

「あのぉ、切符」

って、言ったら、

「伊藤じゃ、よいよい」

って、こう言うんだね。で、これを、こないだ死んだ志ん生の先代(四代目)の鶴本の志ん生という、吉井(勇)さんが惚れ切った三人のうちの一人でございます。これが真似してね、切符買わないで乗って、

「あの、切符」

って、言われて、

「鶴本じゃ、よいよい」

っつったらね、

「よかぁ、ありませんよ、あんた」

って、言われた(笑)。そういう話がある。

圓喬とか、圓右とか、小圓朝、そういう連中が、盛ったところで圓朝が死んで、四代目

圓生、その多くの類型のトップにくる人の圓生が死んじゃった。この間死んだのは六代目、その前の前、これは上手かったらしいです。

そうするとねえ、作品派が壊滅状態になってきちゃった。そこへどっと流れ込んできたのが、今で言うと、何だろね。ビートたけしだとか（オール）阪神・巨人とかね、そういう連中。大衆派と称する連中ね。三平（初代）とか、（月の家）円鏡（八代目橘家圓蔵の前名）とかそんなようなの。

名前を言うと、その、四天王というのがいて、（初代三遊亭）圓遊ってのがトップに、例の「鼻の圓遊」というね。だいたいこれが爆笑王の初代ですわな。興行形態が出来てからの圓遊から（初代柳家）三語楼。これはもうハイカラ時代を活写した。そして（柳家）金語楼。戦後の（三代目三遊亭）歌笑、三平とこう続くのが、爆笑王の系譜なんですがね。その後出てませんがね。川柳じゃ、しょうがねえし、（三代目三遊亭）円丈もちょっと違うし。

で、この圓遊。この人はなぜ売れたかっていうと、あの、最初、昔の寄席に「めくり」というのがなかったんですね。上り囃子《ばやし》もなかった。入り口には「誰と誰が出る」とは書いてあるけども、名前と顔を知ってる人なら、「あー、あれは誰だ」って分かるけれど、知らない人は、そのうちの誰が演ってんだか分かんなかった。そういう、いい加減なもの。で、よく立ち上がって落語家が踊りを踊るけど、昔は座り踊り。わたしは、座り踊りっていうのは、ここ十五、六年くらい前までね、この状態で座ったまま踊るのかと思ったんですよ、そうじゃないんです。圓生師匠に訊いたら、立ち上がってね、着物の裾を全部、股に挟むんです。で、そのまんま踊るんですって。で、舞台の端から端をトコトコってこのまんま中腰のまんま、全部踊るんですって。それは、一つの型になって、

「お前さん、なかなか難しいもんだよ」

なんつってましたがね（笑）。で、その時にその圓遊がなんと、立ち上がって踊ったってんですなあ。立ち上がっただけで、無作法だとか、まあ斬新だとか、あっと驚いた上に、尻っぱしょりしたってんですね、何と。で、その時に半股引《はんだこ》が出ますわな、今のあたしが穿いてたみたいな。で、踊った踊りが、こんなような踊りを踊るんですってね。なんだかわけの分かんないような、変なこんなような。

あの（八代目林家）正蔵師匠も踊った、下手っくそな踊りでしたけどね（笑）。最後まで、死ぬまで下手だった、あの人はねぇ（笑）。うーん、長生きするとどうやらなるって、まああれ、シーラカンス見てると思って、あんなような感じになるんで。人間的には不思議な人でしたけど。一方から見るからね。「長屋へ住んで」ってぇ美談は、いいとこに住めなかったってことですからね。共産党を愛して、貧乏人だったからです。一徹でって、

融通が利かなかったから（笑）。それだけのもんなんです。はっきり言うとね。そう言っちゃうと身も蓋もないけど。

で、その時に立ち上がって踊ったこの「ステテコ」という踊りが、あまり有名になったんで、尻っぱしょりをしてた半股引が「ステテコ」とこうなっちゃったんです。「ステテコ」の語源はその圓遊の踊りからきてるんです。これが一人。ところがこの圓遊というのが、ものの見事に「野ざらし」を作り、「死神」をああ陽気にして、明治の東京を活写したんですな。

あの酔っ払いが、あの帯が落ちてて、「落ちてたよ」ってよく見たら電車の線路だったよ、なんというのが、今、バカバカしいが、その頃とっても斬新だったんでしょうね。明治を、ものの見事に文明開化の明治を、そのガス灯を、鹿鳴館を、あの時分を活写した人なんです。

それでその、圓遊の他に、もう一人が「釜掘りの談志」と言われた初代の談志。これが初代でもないらしいんですけどね。だからわたしは今五代目とか言ってるけど、実際には八代目くらいなんです。先代のあの「倅屋の談志」っていう、今日も電車ん中でその倅《せがれ》さんに会って、「よう！」なんて話をして、先代の談志って、あたしは中学生の頃、聴いてました。その頃もう、枯れてきちゃったっていうか、もう力がなくなって、面白くも何ともなかったけど、とってもいい人で、好々爺で、あたしと全く違う性格でね、ダジャレばっかり言ってたらしいですよ。

「銘仙《めいせん》ちくちく、夜尺を測る」（有名な詩吟「鞭声《べんせい》粛《しゅく》粛《しゅく》夜河《よるかわ》を過《わた》る」のパロディ）なんてくだらねえこと言ってたらしいです（笑）。

小圓朝師匠の家に、

「こえんちょうは」

って、言って入ったたって話がある（笑）。

武器って題が出たら、

「毒ガス、七月、八月」

ってったたって（笑）。バカな、くだらねえこと言ってた人でね。

で、この初代と言われる実際には何代目か分からないんですがね、それがその『釜掘り』。

釜掘りってのは、あの「二十四孝」の中でね、郭巨《かくきょ》が親孝行で親を助けるために、親のかけがえはないが、子のかけがえはあると、で、子供を殺して親の食費を助けようと言って、裏の地面を掘ろうとして、ガチンと入れると金の一塊、鍬が釜ですな、一塊に当たって、天が郭巨に金の釜をよこした「郭巨の釜掘り」。どんなこと演るのかって訊いたらね。こう羽織を後ろに着てね、後ろに着るとなんか支那人みたいな恰好になるでしょ。ね、それでこれをこう子供の代わりにするんだってさ。これで高座の周りをウロウロ歩くんだって(笑)。くだらねえね。それで、「この子があっては孝行が出来ない、テケレッツノパーッパ」っつうんだってさ。それだけなんだ。(笑)。ほんと、バカバカしいね。でまあ、これを逆に真似して、「この子がいたんじゃ浮気が出来ない、テケレッツノパ」なんて演ったのもいたっていいますがね。そういう亜流を生んだくらい、これも一つの「釜掘り」が典型、典型的になっちゃった。で、この間、圓生師匠が「圓生百席」ってソニーで入れてるのがありますわな。あれん中にね、

「談志の『釜掘り』を、あたしゃ入れましたよ、お前さん」

なんてあたしにそんなこと言う。で、聴いてみたらね、くだらねえの。

「談志が参議院でテケレッツノパ」

だって、くだらねえ(笑)。

(客に向かって)入ってた? あれな。変なもん入れたもんだ、あの人もね(笑)。そういう人だ、あれ。

それから、あの(四代目橘家)圓太郎という、今言う通り、名前が出ないから、次は誰だか分からない。上り囃子もない。ただ出てくるだけですから。圓太郎が当時東京を走っ

てた鉄道馬車、俗に「ガタ馬車」といった、あの御者のラッパを借りてきて、プップーと吹いてから高座へ上がったっていうんですな。で、ラッパが鳴ると、

「おっ！　圓太郎だぜ」

ということで出てきて、たいして音曲師でもないんだけど、「ガタ馬車」の真似して、プップーと音曲の都都逸なんかを唄いながら、これ吹いて、で、

「おい、おばあさん、危ないよ」

とかなんとかって、それはまあ、御者風景を入れて人気があったっていう、それだけのもんです。

で、後にこの「ガタ馬車」のことを、「圓太郎馬車」と言うようになっちゃうんですねぇ。これもやっぱり、圓太郎が名前を変えてしまうぐらい影響力があった。

で、もう一つが（初代三遊亭）萬橘。「へらへらの萬橘」といってね。あの、川上音二郎の「オッペケペ」みたいなことをやったんでしょうな。こう鉢巻きしまして、日の丸の鉢巻きしてね。日の丸みたいな扇があって、三味線弾かせて、

「太鼓が鳴ったら賑やかだ。大根《だいこ》が煮えたら柔らかだ」

ってんだってさ（笑）。よくこういうバカなこと、やったもんだね。それで、この四人がもう東京中を引っ掻き回しちゃった。

十年ばかり前に大阪行きましてね、大阪の南地にあの「しばらく」っていう料亭がございます。そこで十何人でね、踊りを踊るんです。それを芝居にしたのが、あの（藤山）寛美の芝居っていうよりも、実際は（渋谷）天外が作ったんでしょう。寛美に創作の才なんぞありませんから。ないからあんな酷《ひで》ぇもん拵えるわけですから。まるでドサ芝居ですね、あの芝居は。酷ぇもんだ。まあ、底辺も喜ばせなければいけないから、ああいうのもなきゃいけないんだろうけど（笑）。あれだとか、やっぱり山田洋次みたいな底辺用の奴も居なきゃいけないんだろうけどね。

『屋根の上のバイオリン弾き』の森繁（久彌）もね、あれも底辺。酷ぇもんだな、ありゃ。呆れけえっちゃった。あんなもん行くんじゃないよ。言っとくが（笑）。

おれね、腹が立ちましてね、あたしゃ森繁に惚れてた部分があった。あいつに、悪い影響を食ったことがあるんです、あたしは。あいつはチャップリンの系統ですからね。あれにハマっちゃったために、あたしは、あのスラップスティックをある程度、軽蔑する時期があったくらいでね。その森繁があの芝居演りやがるの。

おれ、客席でね、結城昌治と見てて、

「おらぁ！　『船頭小唄』唄え！」

って怒鳴ろうかと思ったね（笑）。

「お父さんは、お前がいなくなって悲しくてたーまらん。ほぇー」(笑)。何が『屋根の上のバイオリン弾き』だっていいやがらあ、なんでも弾きやがれっての。まぁ話はともかく。その天外のね。……話が飛ぶだろ（笑）？　精神分裂だって。覚醒剤の中毒にこういうのがたくさんいるっつってたよ（笑）。

それでね、まあ天外さんの拵えた、その南地のヘラヘラ踊り。それは、まあ後ほど知るんですけど、その時に踊ってくれた「しばらく」の南地の芸者達の踊った中にね、

「向こう横丁のお稲荷さんへ、そんなこっちゃ、なかなか真打になれない、あんよを叩いてせっせとおやり」

ってこれ、ステテコの文句なんです。ええ、で、

「談志の釜掘り、テケレッツノパー」

とかね、

「エンタのラッパでプップー」

なんという文句が入ってるんですよ。それから、南地の連中に、今言った話を全部しまして、四天王というのが恐らく大阪へ来た時に出来たんじゃないのかと。

そういう連中が全部世の中を、つまり薩長土肥が入ってきて、江戸が東京になって、こ

んなんなってる時に、やんやん受けちゃったんだね。それで困ってね、作品派が困って、ある日泣きを入れたみたいな状態になって、当時の岡鬼太郎《おかおにたろう》、伊原青々園《いはらせいせいえん》、福地桜痴《ふくちおうち》が、どうなったか知らんが、そういった作家連中をバックに頼んで、日本橋倶楽部っていうとこでね、つまり自主興行みたいなね。よく言うと「主流派宣言」みたいなことをしたんだね。まさか主流派になれるとは思わなかったけど、助けてくれと言わんばかりに、「我々の落語も聴いてくれ」と、悲鳴に近いような会をやったわけ。そしたらその四天王に懲りてるとか、嫌だっていう江戸の連中がわっと集まって。そん時に初めて袴、落語家が袴穿くのはそれが、歴史的に最初になるんですけどね。お客が集まっちゃうんです。それで、次回もぜひ、三回も四回もと続く。

一回目に招待されたその四人組の頭目である圓遊はその会を機会に、没落してしまうんですね。あんなものは本当でないと。大衆がやるけど、つまり芸術性がないという、アカデミックでないということで、ものの見事に岡鬼太郎に書かれて滅亡していってしまう。

それでこの、作品派が天下を取り戻してなんと八十年。今日まで続いちゃったんだ。歌笑であるとか、三平であるとか、今で言ったら、円鏡であるとか、そういうものが全部潰されちゃったんですね。先代、先先代の（三枡家）小勝であるとかという、そういう人がね。つまり主流派でなきゃあ身も世もあらで、みたいな、とにかくそういう状態になちゃった。

だからこの話をよく円鏡にするの。

「お前なんざ、この主流派がずっとやってた日にゃ、誰も相手にしなかったんだよ」

って、言ったの。

「エバラ焼肉のたれみたいなあんなとこでも、相手にしないよ」

って、言ったの（笑）。で、おれの惚れた志ん生までこれだった。当時、志ん生っていうのはね、客が期待しないいんです。だからすぐ、

「万度ね、その女郎じゃねえけどね、気がいった日にゃあ、てめえの体がもたねえ」

って、志ん生はいつもそう言ってたの。そうじゃないんです。誰も期待しねえから、簡単に降りられたんですよ、あの人は。

だけど、それをね、あたしどもね。こんなことでいいのかと、こんなことでいいのかなあ？　と。待てよ、と。それで、その主流派がこうなっていいですよ。これ。ところがね。昔はまだ作品に内容があってね、内容がなくても、描写力を上手にやるとお客さんが分かったわけですからね。

「野郎の舟漕いでるなんざ所詮舟になってねえ、腰が入ってねえ」

とか。

「あんな、御殿女中の口の利き方があるかよ。（神田）伯龍を見習えよ、お前」

とか。

「（一龍齋）貞山を見てから喋れよ」

とか。

「圓喬は使い分けてたぞ。ちゃんと目明かしと岡っ引きの違いを」

とかね。客も知ってたわけですわな。今、知らねえもん。おれが知らねえもん。

だから人間だけ追っかけてるんです。人間を。人間は同じですからね。どう世の中が変わろうが、嫉妬はあるし、裏切りはあるしね。物欲はあるし、性欲はあるしね、こりゃあ、愛もありゃ憎しみもあるから、これはいいですよ。

ところがね、それを運んでいく手段であるストーリーが分かんなくなっちゃう。

志ん朝に言った、

「よくお前そんなこと平気でやってるなあ」

って。

「俺は他にやりようがねえから」

って言ってたけどね。ま、素直な言い方でしたけどね。ええ。そんなにエキセントリックになることないじゃないか、落語ファンってのはいるんだから、という人もいるがね。ところがそうでないという、あたしの触覚がどっかでそれを感じるんです。まず、飢えはないでしょ、あなた。貧乏がない。貧乏ってのは飢えと寒さですよ。『富久』演ったって、だから寒さはなるたけ捨てちゃうんです。だって今、冬は暖かいでしょ。ねえ、暖房がちゃんと利いてて、食あたりが冬に多いんですよ。夏、涼しいから、風邪が夏に多いんですよ。そうなんです。

だから『長屋の花見』なんてやったって、あれそうなんです。あれ、笑い話じゃないんです。本当はね。まあ転化してきていいんですけどね。おまえらも貧乏してるけど、都会人じゃないか、一席《いっせき》、洒落《しゃれ》のめそうと、俺がリーダーになるからついてこいと、大家さんがお茶を煮出して酒に、オチャケにしてね、玉子焼きは沢庵で、かまぼこは大根の香香《こうこ》でいいじゃないかと言ったけど、所詮やっぱり、飢えの前ではどうしようもなかった、というのがバックにあるんだ、あの噺には。ただあの、「どうだ、酔った気持ちは?」「去年、井戸の中に落っこった時と同じ気持ちだ」っていう、それだけの噺じゃないの？　あれは。ないから持ってきたのよ。

ところが、今、練馬なんぞ行ったって、練馬に大根の畑がねえじゃねえか。殆どキャベ

ツ畑ですよ。それでその、

「その玉子焼きを」

「えらいね、玉子焼きなんざ、どんどん大きな声で言って」

「おう、その尻尾でねえとこ」

「尻尾はいけねえ」（笑）

だけど今ね、玉子焼きより、手作りの沢庵のほうが高いんですよ（笑）。卵は、ずーっと二十円でしょ、あれ一個ね。あなた、今、沢庵は漬け手がないもん、高いよ。そりゃ落語ファンは約束事で知ってるからいいけど、作品を聴いてくれるけど、落語ファン以外にどれだけいるかって、我々一番困るのが、どこが悪いっても、「談志さんねえ」って落語の話、まあおれの場合は政治の話をふっかける奴もいくらかいるけどな（笑）。小さん師匠に政治の話してもしょうがねぇだろ。「第二次臨調の失敗が……」ってったって分からねえだろ。で、しょうがねえから落語の話、だから落語に囲まれてっちゃうから、段々封鎖的になってきちゃうんです。困るんだよ。いっぱい大衆ってのはいるの。貧乏がなくなっちゃって、だから『富久』やる場合もなるたけ、寒さはこっちへ措いて、射幸心に絞ってやるんです。

さぁ、これから重大な話になってくるんですよね。それでもおれは、なるたけあるテーマを引きずり出して、「伝統を現代に」という旗印でやってたの。現代に通用するんだと。歌舞伎みたいにもう通用しなきゃしょうがない。テーマがないんだから、歌舞伎は。まあ歌舞伎にテーマがないことはないけど、そのテーマは現代に通用しますか？『先代萩』のテーマってどうやって説明するのこれ？

このテーマはですね、素晴らしい日本の古来のテーマで、自分の主人のために自分の倅の首を斬ってあげるのがテーマです、なんて（笑）。これPTAが聞いたら喜ぶかね、怒るだろうね、こういうの。ふざけちゃいけないよって言うだろう。

現代に通じようがねえから、しょうがねえから、玉三郎も猿之助も、ねえあの頑固の猿之助も勘三郎さんも松緑も、それこそみんなこう、幸四郎になって染五郎も戻ってきて、全部後ろ、バック、もう現代に行けないから、ここで守ろうじゃないかと言って、国にバックしてもらってね。歌舞伎俳優なんと言われて、こうなってるね。

落語家もそこへ行くよりしょうがないからそこ行くの？　おれも和服着てね。長火鉢の向こうへ座ってね。なんか志ん朝の宣伝にそういうの書いてあったよ。行くと、なんか長火鉢の向こうに師匠が座ってて、書く奴も書く奴だねえ。ええ、おれたちにそういうの強

要するんだ。いいのかね？　おれが長火鉢の向こうへ座って、

「浦賀の黒船は帰りましたかね」

なんて（笑）。演って出来ないことはないよ、そりゃあ（笑）。しょうがねえだろ、そんなことしてたら。してもいいよ。してもいいけどな、そういうのが主流になった日にゃ、保《も》たねえもん。ものを滅ぼすに決まってんだから、そんなもん。

だからね、「伝統を現代に」と演ってたわけだ。その頃、「伝統を現代に」やり始めた頃ね。東横落語会とか、三越落語会に出てね、そういう話をするわけ。

「今ね、交通事故、目の当たりに見たけど、あの事故数がね、大体年間多いときになると、一万三千から五千いってね」

と言うと、客がね、みんな無関心形《こういうかたち》になっちゃうの。まあ、そっから『蔵前駕籠』に入ろうとしてもね、聴かねえんです。それで、そんな噺をしながらね、結構、喜ぶ客も中にはいないとも限らないから、寄席なんかじゃウケますけどね。落語研究会じゃウケないんです。演んなきゃいいものを、ワザと演るんです。あたしは。ワザと演るんです（笑）。ええ。すると、こう聴かないんです。無表情《こう》やってやがんの、

「ヤダね、こいつは」

って、顔してるんです。あたしもそういう落語ファンだったから、よく分かるんです、

了見は（笑）。それがやがてね、

「えー、ご維新が近づきますてえと、蔵前通りに、〝御用盗〟とかなんとかいって、随分追い剝ぎも出まして、あの辺りに〝伊勢勘〟とか、〝荒岩〟なんて駕籠屋が……」

なんて始めると、

「やれば出来る！」

って、言いやがんの客、おれに（笑）。

「何を吐《ぬ》かしやがんでえ、この野郎」

「やれば出来るどころじゃない、一番うめぇんだ、おれは！」

って、よっぽど言ってやろうかと思った（笑）。


そういうのが、殆どだったんです。ところがそれを演り続けることにおいてね、もう近頃それを抵抗なくやるようになって、威張るようだけど圓楽も演るようになったし、（桂）歌丸も、小朝、楽太郎（六代目三遊亭円楽）なんか、そっくりそのまま演るようになった。ね、現代を喋りながらね。で、現代で平気でこう喋れるんです。そうなったんです。いいんです。

そうなるとね、現代で喋れるものを、なぜ古典で演らなきゃならないんだって、こんなことになってきちゃったんだ。現代でテーマを喋って、観客が以前のは聴かないから、しょうがないから、自分の動物論、文化論、嫉妬論、何論をな、『品川心中』という作品を通したり、『お化け長屋』という作品を通して一つの化け物論を語ってみたり、してたわけね。

ところが、直接話して聴くんだね。と、何？　別に『品川心中』演る必要ねえじゃねえか、と言い始めた。なぜ演るかというと、おれもあの作品が好きだということが一つとね、本当はあまり好きじゃなくなっちゃったんですけどね。それから、好きなお客さんがたくさんいるだろうと。やっぱりその、洋服を着て、その高島町のあれをまっつぐに行って、そのやれ左へあの山のほうへ入ったって言うよりも、

「山谷堀からお客が四人《よったり》で芸者が一人、鉄砲洲の稲荷河岸にお客を上げると、

『言っちゃ悪いけど、わたし相櫓《あいろ》の徳さん嫌い』

芸者が承知で乗り込んだ一人船頭、一人芸者。櫓柄《ろづか》にぎった船頭が山谷の小舟乗りで、伯龍に言わせると、すばしっこいっていうところから〝小猿〟と綽名された七之助、乗った芸者が当時、大井中橋の清国っていう浮世絵師が一枚絵に描き上げてたいそう評判をとった、浅草広小路、瀧之屋のお瀧だ。

『七っつぁん降ってきやしないかね』

『さあねぇ、パラッと見せた雨もどうやら上がって、星は二つ、三つ見えてますが、所詮夜あがり、長持ちはねえね』

『どうぞして、保《も》たせたいもんだね』

真っ暗な大川、舟が滑る。佃の端《はな》で誰が唄うか、舟唄を遠めに聞いて、深川の中木戸で打つ拍子木が、チョンチョンチョンチョン、チョンチョン……永代の橋間《はしま》見つめ、舟がくぐり抜ける途端、橋の上で、

『南無阿弥陀仏』

と六字名号《ろくじみょうごう》、

『おう！　お客さんだよ！』」

なんと言ってる伯龍のあの世界ね、それはそれで素晴らしいんだけどね。

それが好きで入ったんだからという理由と、そのファンがいるじゃないかという、極端に言えば、ノスタルジーだけになっちゃうんだよな。うん。じゃあこれでいいじゃねえかという。ところがな、これでやってる最たる奴に、ビートたけしって奴がいるんだな（笑）。

あれは素晴らしいよ。ねえ。

「酒は体にいいよ、うん、俺なんか、一杯飲むと震えが治る」

ってていう、ああいうギャグやる奴でね（笑）。凄い奴ですよ。それが落語家にケチつける。ケチつけるということは、意識があるんです、落語に。

「あんなところの上に、こうあぐらかいて平気な顔してやってる。帰る巣があって羨ましいや。全然研究もしねえで」

なんと言ってる。おれにはさすがに言わないよ。うん、あとが怖いと思うからね（笑）。おれはあんた、権力と暴力の二本立てで暮らしてんだから（笑）。

まあアイツが出るきっかけ与えてやった部分もあるしね、あたし、アイツよく分かる。その、たけしほどある者が、おれなんざ落語家だからだけどね、たけしなんぞ現代を突っ走ってりゃいいものを、それがこの、アナクロといってもいいくらい現代に生き残れないようなアナクロの、落語《あれ》が気になってしょうがないんだ。

これが、「そこは私の寝床でございます」ってのが、気になってしょうがないんですよ。あれを継ぐほどの奴が気になるんだから、継ぐんだからお前も、だからあたしだって勿論気になりますよ。あたしゃここへ住んでる人間なんだから。この古典のこの世界がな。だから二律背反してどうしようもないんです、あたしは。

それで、じゃあ、あたしもたけしみたいに出来るんです。あんな漫談。言っちゃあ悪いけど。あいつも素晴らしいです、認めますよ。あたしも素晴らしいんです（笑）。

だから対抗出来るの、たけしぐらいだと思ってます、漫談で。あと紳助がどうやら追っつくかってなもんでね。とても他の奴は漫談追っつかんわ。おまけにあたしどもの漫談は小朝と違って現代を撫でてるだけじゃないからね。一つの現象をひっくり返して見るからね。で、カリカチュアするから。ってことは、天皇陛下に騙された年代だからね。

だって、いい戦争だと思ったら、悪かったらしいんだ、あとで気がついてみたらね。それからこの物事を素直に見なくなっちゃったね（笑）。「この野郎、ウソだな」って（笑）。

それじゃもう一つね、問題はもう一つなんです。今言ったように、あのまとめちゃうとね、現代を演れるのに、なぜこれを通して演らなければならないのか、解決法どうしましょう。

しょうがない、マルセル・マルソーみたいなね、現代との着物。まだまだ着物に対するノスタルジーがあるでしょうからね、着物ともつかず、何ともつかず、こんなような何か衣みたいなの着てね、両面語るかね。

それから一切、ノスタルジーを持つお客様と、こういうお客様と縁を切ってね。たけしと同じように郷愁を感じて、おれは帰る気があるから、帰れるから、まだおれのほうが幸せなんだから。帰れるんですから。それを断ち切って、方々、その現代を語りに町から町に廻ってってさすらうか。栄光があるか分からないが、それをやるか。

だってもう作品としてね、拵えちゃったんですよ、みんな。『明烏』も拵えたし、『野ざらし』もね。それからいろんなもの拵えてきた。それみんなウチの、(朝寝坊)〝のらく〟だとか談笑だとかね、弟子ばかりじゃないんです。

昔はね、黒門町しか演らなかった。文楽さんしか『明烏』演らなかったんです。また演るもんじゃないと思ってたんです。今は、もう『粗忽長屋』はみんな演るんです。小さんの拵えた『時そば』ってえと、全部小さんの『時そば』です。どっかで誰かが、いくらか変えてるというけど、ほんの僅か変えた程度なんです。あなたがたでも変えられるんです、そのぐらいのことは。

ちょっと威張るようだけど、厭味かもしれないけど、小さんの『粗忽長屋』を、おれは『主観長屋』と変えて演りましたですがね。あんまり主観の強い奴に会うとね、人間ては自分の死まで分かんなくなっちゃうっていうテーマにしたわけですよ。粗忽じゃないんです、あれ。

「お前死んだよ、お前死んだんだよ。死んだんだよ。これだけ条件が揃って死なないわけがないじゃないか、死んだよ」

と、あの××学会の宣伝と同じようなもんで、こうくるとね（笑）。「あなたは、不幸よ」と来るとね、「オレはやっぱり不幸だったのか」と（笑）。あれなんだと気が付いて、あたしはテーマをそこへもっていって演った。まあ、それはいくらか自慢話ですけどねぇ、変えた。

ところが相変わらず変える必要はないと言ってるんだか、変えられないいんだか、昔の『粗忽長屋』を演る。『宿屋の仇討』、『へっつい幽霊』演ると、全部、（三代目桂）三木助です。ええ、『寝床』を演ると全部、文楽、こりゃまあ、文楽、志ん生、圓生、とそれぞれありましたけどね。それぞれ全部ある。作ったのなんてないです。志ん朝の『愛宕山』みたいに、見事に文楽を超えてくれるものを作ってくれればいいんですけどね。ま、なかなかそういう風に出来ないのが現状かもしれませんがね。

そういう、それでね、前はね、作った人の落語とか、また教わった落語でもなんでもいいんですけど、ギャグをみんなお客さんが知ってますから、ギャグを含めてお客は聴いてるんです。ギャグが来て、「うわっはっはっはー」なんてのはなかったんです。いや、笑っちゃいけないって言ってんじゃないんですよ、別に何もね（笑）。昔話をしている。昔はいいとは言わんです。

だから、あたしのギャグを誰がどう演ろうが、ギャグを演じるところに興味があった。

ところが今ギャグそのものだから、

「あぁ、あれ、のらくので聴いたよ」

とかね。

「蝮（毒蝮三太夫）が演ってたお前の話」

なんてこれでお終いになっちゃう。それでもいいじゃないかというほど、あたしのプライドと、変なエキセントリックな神経が許さないんです。

だから次から次へと新しいの、もう三週間やったら、すぐ真似。日本人は物真似の名人ですからね。ニューヨークのモードがもう一週間後には日本にあると同じようなもんで、真似られちゃうから、次から次へ作っていかないと、あたしの了見が治まらないんです。

勝手なんです。これ今、言い訳してるんです。お客さんに、あたしはね、今、だからそれもダメなんです。で、あとどうしようか。志ん生みたいに人間にのめり込んでみようと思ったことがあるんです。と、のめり込んでくるとね、それでね、その形がなくなっちゃうんです。形で演じないんです。人間追っかけるから。形なんぞ演ってられませんから、人間追っかけてますと。そうすっとね、お客に分かんなくなっちゃうんだ。分かりっこないです。あたしが分かんないんだから（笑）。

女を騙しに行ったら女に騙されちゃったっていうんなら分かりますよ、上手くやればね。下手な奴じゃ分かんないんだろうけどね。あたしの場合は、「待てこれ、騙しに行ったのかな？　本当に騙したのか、いや騙されてるんじゃねえかな？　女を騙したつもりでいるのかな、結局騙されてんじゃねえかと。いやそれに気が付かないんじゃないか、両方。いやこっちは気が付いてるということが分かってねえのか」と、なんとかってやってるとね、観客は最後までフラストレーションの塊ですわな（笑）。分かんねぇんだから、こっちも分かんねぇんだから。「談志さん、あれどうなったの？」って、おれも分からねぇってのは（笑）。

それを演り始めたからね。東横落語会あたりでトリを取ると客が欠伸しやがった。おれも欠伸されたの初めて。そりゃ酸素が足んなくなって欠伸されたことはあるけどね。つまんないって欠伸されたのは初めてだったよ。うん。で、その言うことがよく分かるんだもん。それから「もう、東横も勘弁してくれ」と、今こういう状態だから、ずっと聴いてる連中は一つのプロセスとして談志を観てるから面白いけどね。初めて聴いた奴は、威張《えば》ってるほどじゃあねえね。なんて言われるのが関の山でね（笑）。

分かるでしょ？　だから、こういう状態なのよ。だからこの話をするのが、今一番あたしは素直だと思うから、自分の気持ちに対してね。本来お客さん二席落語演るだろうなって思って来てるだろうけどね（笑）。

（客席「その通り！」）

うん。「その通り」って、人にこれだけ言い訳させといて、酷いもんだね。

「その通り」ってのは、こういうお客さんいるからさ、悪いとは言わんですよ。いるからね。だからやっぱりおれも、

「ははあ、いるんだからやっぱり二席やって」（笑）

今までのこれ全部無駄なんだと、こんなことは（笑）。こんないい話してんのに、無駄かぁ、ああー、だったら

「山谷堀からお客が四人《よったり》……」であれで済んじゃうのかなと。それを錬磨しなきゃいけねえのかなと思う。やがてはそこへ帰って来ると思うんだ。だけど、帰りたくないんだよな。この話を小さん師匠にしたらね、何にも感じないよ、うん。

「山ん中へ入ると向こうへ出ちゃうだけだ」

って、それでお終いよ（笑）。凄いね、あれはね！　ああ大物だな、あれはな。とてもダメだ、こっちは追っつかねえや。

だからことによると、人間のドラマのめっちゃくっちゃのを作ってね、ええ、おそらく、なんていうのかね。殆どは、

「よしゃあいいのに、山谷堀からお客が四人《よったり》でいいのにな」

って、言うのもいるだろうし、

「前みたいに演ってりゃいいのに、あんなバカ演りやがって、あいつは」

って言うか、

「おい待ってくれよ、お前、談志を聴こうよ、あれが本物の落語だよ。ええー？　聴いたことない？　あれ聴かなきゃダメだよ、アイツの言ってることなんだかわけが分かんないけど、お前、あれが人間だぞ」

なんて言ってくりゃぁ成功だな。うん（笑）。


で、そのためにはもう乞食になるかな。だからどっかで生活してる、大体生活してるっていうのが偽物だと。だから、おれはもう偽もんだとハッキリ言ってるんです。偽もんなんです。でもいくらかまあ、いろんな人間さらけだして、しくじったり、嫌われたりしてるからね。まだいくらか本物が残ってるかもしれないがね。本物志向があるというだけでね。偽もんですよ、そんなの。だから話に聞く「×狂い馬楽」みたいに、×狂いになっちゃう。

「×くらの小せん」みたいに、三十で腰が抜けて、こうやって釈台へつかまりながら、廓の哀感を語り継げたってことは、男女の人間の本当に業を語り継げたんでしょうね。

で、そこまで行っちまうのが、あれなのか。まああとは、なんなんですかねえ。人間を追っかけて、滅茶苦茶になるか。現代をやるか。それとも伝統を現代に。

この間、小朝と楽太郎を二人呼んで、この話してやって、これに近い話をして、

「お前ら、そんなもんで満足してられんのか？」

って言ったら、

「いや、本当に考えちゃうんですよ」

なんて言われたから、応えてるって感じだったけどね（笑）。

「ですから、あたしは、『水屋の富』を演ってます」

なんて小朝が言って、どういう回答になってるか、さっぱり分からない（笑）。

「こちらが思うほど、先やさほど思やせぬのに」

ってなもんですなあ。

どこまでなんだか分かんない。けどまあ、飽きたということと、奴らも疑問を持ってるということと、それからなんらかの解決法を探してるということだけは、分かったんですがね。

ええ、まあそんなところでね。どうしようもないんで、だから後で休憩でもしてね（笑）、何かやるよ。（拍手）

血の叫びみたいなもんで、ホントそうなんですよ。

『山号寺号』へ続く

タヌキの本来の姿

一九八三年五月十三日　神奈川県民ホール
第一一九回　県民ホール寄席　仲入り後『権兵衛狸』のまくらより

昔は文楽の前で、『明烏』なんぞ演ろうもんなら、もうおまえこう、二度ともう立ち上がれなくなったんですね。今、文楽の前であたしが『明烏』演って、後で文楽が上がって「談志で聴いたよ。おまえ」で、お終いになっちゃうんですね（笑）。

そういう、文楽と談志と言っていますが、本当は、あたしと、のらくと、こういう言い方にしたいんですけどもね。その辺に気は遣ってるんですけどね。そんなもんで、ございますが。

しかし、まあ、落語はうちのカミさん曰く……、

「焦らないで老後の楽しみにしたら」

つってましたがね（笑）。また老後の楽しみに、いろんな落語を、時々落語をこうね、

うちでこう聴いたりしてると、いいよ、いいしねぇ、好きだからね。演ろうかなって、気が起きてくるんですよ。

「あ、ここんとこも覚えよう。あ、ここもこうやろう。ああやろう。ああやろう」

っていう、山ほどありますね。ただ本当に演る時になったら、頭が耄碌してもうどうしようもない、ということも考えてですね。なんかちょっと長生きしそうな感じもしましてね。

あたしは非常に狭い家に住んでいる。寝返り打つと子供が腹の上へあがってくるようなえー、カミさんが掃除するのが嫌いですからね。これは珍しい。「掃除しろ」って言っても、

「イヤだ。掃除するくらいなら、死んじゃう」

って言うんですよ。掃除が嫌いなんですよ。ええ、珍しいですね。

電灯を買ってきたら、電灯についてる傘が全部ぶっ壊れた、二十年の歳月のうちに。骨だけの、骨がなくなって裸電球になる。裸電球が落っこっちゃうと、今、電球がないから、そこへビニールが巻いてあります。こういう家なんです。掃除なんて「意味がない」って言う。

「日本中のゴミを、どっかへ移してるだけだ」

って、言うんですね（笑）。

ある日、建売住宅見に行ったらね、結構いいんですよ。で、良く見えるんだ、一見ね。たら、男の子の子供が、「ここ泊まってく」って言うの。可哀想になってね。「それじゃ」ってんで、当時のあの大平（正芳）さんが大蔵大臣やってる頃、金借りてね。

「いくら持ってくんだ？」（笑）

「一千万円貸してくれませんか？」

「一千万円で家が買えるかね？」

「いや、二千万円」

「二千万円で買えるか？」

「いや、二千五百万」

段々、大きくなるって、落語にあると同じようなもんでね。それで、部屋が十くらいある家買ってやって、ドーンと、十DKだって、デカいぞ。誰も来やがらない、家族は（笑）。癪だから、おれそこで、別居生活送ってんの。今、悔しいから。

「お宅は別居ですか？」

って、別居っていうのは、大概、カミさんがいなくなっちゃうことが多い。家族がおれんちへ来ないだけなんだ（笑）。変な別居なんだ（笑）。

で、タヌキにね、タヌキ語で喋ったわけじゃない。あたしは、東京、標準語っていうか、東京弁で喋ったわけよ。向こうはタヌキの言葉で、ウーウー言ってたよ。でも目を見て喋れば、通じるよ。こんなもなぁ（笑）。それで、

「おまえ、本来の姿はどっちなんだ？」

って、訊いたわけよ。

おまえ、それどっちだっつったらね、「談志さんの言う通りです」って言ったね、このタヌキが（笑）。嘘でない証拠に、今でも安房行ってごらんつって、安房の山奥行くと、少なくも古老たちが、破れたばっちょう笠でね、欠けた徳利かもしれないけども、それ持って、七、八匹はいるはずだって言ってたな。

まあこれも十年前だけどね。まだいるはずだと。あたしどもはこうだったんだと、こうやってたんだと。捕まってここに入れられて、何代か経つうちに、こういう形になっちゃったんだと。時々、ふっと鏡に映る時なんかあるとね、なぜか？　どうしてか？　と思うって、うん。元の姿へ戻りたいって言ってたね。だから、おぼろ月夜の日だとかね、バカ囃子が聞こえると、茂林寺のほう見ながら涙する日が、どれだけあるか分からないって言ってたね（笑）。

「あたしも努力するから、談志さんも協力してくれませんか、人間たちも」って、言ってたよ。で、「しよう」って約束したの。「リハビリやるか?」って言ったら、「やる」って言ったの（笑）。で、足に、ちゃんとカルシウム打ったり、キンタマに、シリコンぶっ込んだりしてね（笑）。あれが立ち上がって、こうやって歩いて、今そういうの時々、無理に作ってるやつあるでしょ、あの、タヌキが立ち上がって、あれが歩いたら、あんた、パンダどこじゃない、もっと可愛いかもしれないよ。通い帳持って、徳利持って、こんなんなって歩いたら（笑）。

柳家小さんの絵も高く売れるんだがな、こうなるとな。うーん。

『権兵衛狸』へ続く

道徳とか、礼儀作法とか

一九八六年三月十二日　神奈川県民ホール
第三八回　県民ホール寄席　仲入り前『代書屋』のまくらより

【まくらの前説】

立川談志一門『落語立川流』を創設し、立川志の輔が談志に入門してから三年後のまくら。前年の一九八五年に日航機が御巣鷹山に墜落した事故が、まだ記憶に新しい時分だった。前年に五代目三遊亭圓楽が自費で寄席『若竹』を設立。

同じく前年に政治では、中曽根首相が戦後政治の総決算を唱えていた。


久しぶりの横浜でございます。汚い顔しててどうも。髭剃るの、面倒臭くなっちゃったもんで。髭ばかりでなくて、みんな面倒臭くなって、えー、酒飲むのも面倒臭いし、女の傍へ行くのも面倒臭いし。なんだか分かんなくなって、なんだか分かんない状態にいてやろうかと、そう思ってるんです。

金もあるから、別に心配もないし。他の落語家がバカに見えてくるね。ああやって、こう稼ぎまくってるの見ると。あたしは、毎度言うけど、家へ帰りゃドア開けりゃ、そこにこうもり傘五本もあるし（笑）。スニーカーも持ってるし、夏冬の靴もありゃ、靴ベラもある。歯磨きも着物もコートもラジオもテレビも、自家用の風呂まで家にあるし。これが金持ちだと思ってますから。もうこれ以上はなんかしない。あとはこの自分の状態を続けるために、時々こういうところへ出てきて喋ると、こんなようなことなんです。

楽しみが何にもないんです。去年は、たった映画の一本、『アマデウス』だけです、楽しみ。あと、何にもないです。だから何にもしないんです。だから家にいて、庭に穴掘ってションベンしたり、そんなことして暮らしてる（笑）。

写真の白いとこだけ切ってってたりなんかしてね。テレビはあんまり見ないんです。国会討論会なんかも、面白くなくなっちゃったから見ないし（笑）。でも変なもの見てるよりは面白いですよね。中曽根総理に、

「あなたは総理大臣の座を、自分で取ったのではなくて、転がり込んできたようなもの。徳川家康みたいなもんじゃないですか。自己のあれはないですね。中曽根家康ですね」

なんて言ったら、

「わたしは中曽根家康ではありません。中曽根康弘です」

と言ってましたけどね（笑）。ああ、面白いなあと思って。あとはもう、フレッド・アステア観てるだけなんです。アステアとキャグニーが生きてる間は、元気に落語演ろうかとこう思ってます。死んじゃうとまた言い方が違うのかもしれないけど。ポール・ニューマンが生きてるからって言いかねないんだけど。

外国、アフリカから帰ってきてね、まだ、ぼーっとしてて、時差ボケってやつがあるんです。そのうちに、日本の気候にも慣れてくるんじゃないかと思うんです。慣れなきゃそれまででね。非常に当たり外れのある芸人でね、あたしはね。昔はこんなんじゃなかったんですよ。ちゃんと形があったんだけど、形がなんにもなくなっちゃって、まあ、そんなもんかもしれませんです。

ケニアにいたけどね、東京帰ってきたら、×島×モ子っていうのがライオンに食われそこなったとかなんとかって言うけど、向こうに行った時は、そんな話なんにもなかったですねぇ。そういうことがあると、大使館に知らせるとか、それからそのサファリ関係のほうからニュースが入るんですが、なんにもないんです。あれ、やらせなんです、あれきっとね。ええ、ライオンが本気であんた、こんなことやったらね、骨がゴリゴリっとしたなんていうんじゃ済まないんですよ。頭ごとなくなっちゃいますよ。ええ、ライオンはあんな顔した奴、喰《や》らないよ、きっと（笑）。向こうだって、旨い不味いぐらいのアレはあるだろうしね。襲うわけがないですよ。

凄いところでね。ケニアなんてのはいいけども、ラゴスなんてとこ行って、落語演らされて（笑）、まるで汗を絞るようですな。四十度くらいのところでもって、演ってるんですけど、こりゃ凄いわ。羽織まで汗かいちゃってね。うん。一つもウケないの（笑）。欠伸されちゃった、おれ、久しぶりに。久しぶりですな、欠伸されたの。ここんとこないよ、欠伸なんていうのは。ええ、もういい勉強になりましてね。少しは自惚れてちゃいけないかなと思ってね。おれで欠伸だもん、圓楽なんて行ったら、何されるか分かんないよ、あれ（笑）。

まあ今日は、こういう顔してるからね、こういう顔してるような落語演るからね、とてもいい女の出てくる落語は演らないよ。で、考えたんですよね、これ髭生やしててね、なぜ、女が出る落語が出来ないのかってね、だって禿げ頭が、色っぽい女演るでしょ。志ん生師匠でも（三代目三遊亭）金馬師匠でも、結構いい女が出てきましたよ。髭だって同じじゃないかと思うと。あれ、なんでいけない？　髭は処理すりゃ出来るのに、しないからダメなんですか。禿はしょうがないでしょ（笑）。まあ、アデランス乗っけるとか、いろいろ手はあるだろうけども、禿はしょうがないんだろうな。髭は自分でやれるのを、やらないから、ダメなのかね。どうなのかね。これ相談しながらやるもんじゃないけど、こういうものは。出来ないのかね。

山本晋也（映画監督）に教わった小噺やろうか。あればっかりだな、近頃ね。ジョーという名のザーメンがいたそうだ。彼はザーメンと生まれたからは、絶対に射精されたら、卵子へ飛びついて、受胎をするのが、生きる道だと常に豪語していたそうな。

と、友達が、

「いくら近頃、数が少なくなったとはいえ、何億といるんだから、無理するな。自然にしとれ」

「いや、そうでない。それがお前らいかん。それが弱くする。一つの理由になってね。常に精子たるものは受胎を」

と、言ってたそうな。ある日、性衝動が起きて、ドーンと彼は、普段から豪語しているくらいだから、真っ先に、ドゥィーン（笑）。こういう演技をすると思わなかったね、おれも。こういうことはやると思ってたけどね。こんなことやるけどね。『手水廻し』って落語を習っておけばよかったと思うんだけど。

しばらく行くと後ろから、声が聞こえてな、
「今のは尺八だったぞー」（笑）

インド行ってね、インドからね、マニラへ行ったら、マニラ騒いでたから、マニラやめてね。それからアンカレッジからフランクフルト経由でナイロビ行ってね。ナイロビからすぐ、ローマへ来てスパゲッティ食べて、それからチューリッヒ行ってチョコレート貰って、そのまんまラゴス行っちゃって、ロンドン経由で帰ってきたの。なんだか分かんないよ。

だけど、世界行くと日本の良さというのかね、分かるね。ほんとにいいのかね、日本というのは。おれはいいと思わなくなってきた。近頃。もうね、ここまで来ちゃってね、戦後四十年やってね、戦後四十年やって、世界の嫌われ者になったんだな、我々は。だから、もうもうもうもう、もういいよ。もうね、もういい。よそう。

こないだなんか、うちのガキがステレオ買えって言うからね、もう十九歳ですよ、もう。姉がもう一人いてね、こりゃまあ、どうしようもないんだけど、とにかくまあ、ぼうっとしてやがって、母親に似たらしいんだ、どうもこれがね、それでね、
「天皇陛下が死ぬと嫌だな」

なんて言ってるから、

「何で嫌なんだ?」

って、言ったら、

「嫌なんだよ、おれ。皇太子が天皇陛下になるだろ」

「皇太子が嫌いだっつうのか?」

「嫌いってわけじゃないけどさ、生まれたのがね、皇太子、確か十二月の末頃だろ、とね、天皇誕生日と冬休みが一緒……」(笑)

こういうこと考えてるんですよ。で、これがね、「ステレオ買え」って言うからね、

「おまえ、自分で努力ってのはないの?」

って、言ったわけ。

「バイトしてこれだけとか、どうのこうの、って、そういう発想ないの?」

って言ったらね、あたしは女房に怒られちゃった。

「パパ、いい加減にしなさいよ、うちの慎ちゃんってのは、働くのが嫌いな子なのよ」

って、言うんだ(笑)。

それから、そりゃ言語道断ですよ、そりゃ、昔からいったらね。だけど、戦後我々やってきたこと、世界の嫌われ者になってんなら、こいつらがことによるとね、中和してくれ

るんじゃないかと思うようになってきた。うん。電車に乗ったら、ドカーンとした恰好で乗ってるわけでしょ、「これ詰めろよ」って思うよ、無礼だしねぇ、道徳に反すると思うでしょ。だけど向こうに言わせりゃ、「詰めてどうすんだ」っての。「二人座れんじゃないか」ったら、「ああ、発展途上国の考え方か」ってことですよね（笑）。貧乏人の発想だってことですよ。

「俺らそんな思いまでして、二人とも座りたくねぇもんな、だから立ってるな」

って、こう言ってるわけですよ。川崎の本屋でね、

「あそこにあるあの本取ってくんねぇか」

って、言ったら、

「あれ取るんですか?」

って、言うんだよ。

「面倒くせぇのかよ」

って、言ったら、

「はい」

って言った（笑）。

だからね、道徳とかね、それから礼儀作法っていうのはね、協力を前提とした発展途上

国に生まれた、不文律だと思えやいいね。そうなんです。そう思ったほうが楽だもん。

学問もそうですよ。学問も同じね。学問とかね、イデオロギーってのは貧乏人の趣味だな。あれはな。パスカルも曰く、考える葦だっていうけどね、だから、金持ちは考えなくてもいいんですよ。思いやりもいらないんですよ。別に、暮らせるんだから。貴人に情けなしっていうけどね、ええ、そうなんです。相手のこと、思うからこんなことしちゃいけないとか、こうなるでしょ、思わなきゃお終いだもん。何言っても、

「何でぇ、どうしてぇ、ウソでしょぉ、ほんとー」

バカみたいに暮らしてる人間だもん。なんだか、分かんなくなるだろ。ああいうの、日航かなんか乗っけてね、これ、揺らしてもなんの感動もないんじゃないのかな。あいつら。今の奴ら、生きることを拒否するみたいな奴が出てきてんだから。雪の日に転んで、手突かねえっつうんだから、乱暴な奴がいるね（笑）。

だからね、日本航空にいったってこういうの乗っけて、落っことしゃ面白かったって言ったよ。何にも感じねぇんだろうね。

「緊急事態が発生しました」

「なんでえー」

なんつって（笑）。

「ダッチロール入って……」

「どうしてえー」

「尾翼が飛んでるんです」

「ウソでしょー」

「激突です！」

ドカーン！

「ほんとー」（笑）

「バカみたい」

おしまい（笑）。ぶっこめ！　あんなもの！

だから、まあ我々は発展途上の基準で生きるか、それとも安全企業体の基準で生きるか。おれはもうこっちのほう、行っちゃおうかと思って。もういいや。もうもう、もういい。向こう行ってね、ぼうっとしてようかと思って。だから、『蔵前駕籠』なんて、爛熟ですよ、あれね。一つのね。あそこ行きゃいいんです。「もう済んだか」ってなもんでね。ああいうところへ行く。だってどっちみち、老けるんだからね、老けりゃテレビなんか出たって、醜態曝すだけですからね。だから、ぼうっと家にいて、ただこんな顔して、皮肉があるうちは、まだ元気なんだ。そのうち、それもなくなるんだろうね。こんなんなっちゃってね。ただ、食ってるだけなんだよな。

「おじいさん、また食べてる」

「うぇー」（笑）

女見ると異常に興奮して、「ああああー」こういう痴呆症になろうかと思って。今から（笑）。この可能性はあるでしょ、ね。そんなんなっちゃおうかと思って。もう、もういいよ。

ええ、もう楽しみがないんだよ、もうみんな金持ちになっちゃって面白くねえ。ヤダねえ、おれたちは努力したってのはね、やっぱりね、金持ちになりたかったからってのがあるでしょ。衣食住を確立したいという。

それをね、やっと車買やあ、ガキが平気で乗ってんだもん。ねえ、カラーテレビ買やあ、あんた、ガキも買ってくるしさ、ええ、その辺の貧乏人もちゃんと買ってんだもん。おれが鰻丼食ってりゃ、貧乏人も鰻丼食ってんだもん（笑）。ヤダよ。これで与えたって、喜ばないんだもん、今の奴は。みんなあるんだもん。よっぽどいいもの食ってんだもん。おれたちより、前座のほうが（笑）。ほんとですよ。

だから、なんとか一つ差をつけることを、今考えてね。それでおれ、共産主義にしたらいいと思ってね、で、共産党の親分ってのはいいんだから、いい暮らししてんだから、日本だって、宮本（顕治）でもなんでも。下の奴もそれぞれ暮らせるけど、ソビエト行ってごらん。上は凄いけど、下は酷いんだから。だから、あたしは共産党員になってね、偉くなって、下のほう行っちゃあダメだけどね。共産党の幹部になろうかと思って、今、考えてる。一所懸命、共産党の落語やるんでね、ええ、『子別れ』をどういう風に、共産党に結び付けようとかね。考えてんだよ。

共産党……、差があるほうがいいや。そんな気がするよ。みんな昔だったら全部ね、あれ、チャンチャンコ着てって、ネンネコ着てね、「十五でねえやは嫁に行き」、なんか言ってたんですよ。それが生意気に原宿歩くようになっちゃったから、いけないんですよ。だから、身分制度、もう一遍確立してね、落語家なんかえらい目にあうから、うっかり言えないけどね（笑）。そんな気がするね。

ソビエトの小噺に、

「もう許せねえ、もう俺は許せねえ、てめえたちだけああいう思いしやがって、あのブタどもばっかりで、俺たちはいってえどうなってんだ。我々労働者はどうしてくれるんだ。てめえら幹部のブタばかりいい思いしやがって、このブタども、我々、我々の貧しさを、この野郎、てめえら死ね、幹部め」

って、ブタどもと言ってたら、早速、秘密警察に捕まって、

「おまえ今、ブタとかなんとかって言ったな、なんだあれ。幹部のブタどもって、誰を言ったんだ。誰のこと言ったんだ」

「アメリカ人のこと言ったんですよ」

「ああ、アメリカ人か。ああ、そうか、そうか。うん」

「あなたがたは、誰のことだと思ったんですか？」

って、言うんだよね（笑）。

落語だって、おれみたいに上手いのもいれば、円鏡みたいなどうしようもねえのもいるの、それやっぱし差を認めなきゃしょうがないでしょ。いい女と、悪い女見りゃ、どっちヤリたがるっていったら、いい女ヤリたがるじゃないですか。それを平等にったって、しょうがないじゃない。悔しきゃ腰の使い方覚えるとか、いろんなことするよりしょうがないですよ。

そういうこと、平気で言ってんだもん。落語でもなんでもいけない。ああいうのはね。だから、落語家も近頃ね、芸能家連盟なんて拵えやがって。バカ野郎め、あんなもの。下手な奴救ったって、しょうがないじゃないですか。死にゃあいいんですよ。そんな下手な落語家。頼んでなってもらったわけじゃないんですから。落語家なんてのは、上手い奴だ

け演れぱいいですよ。それだけのもんですよ。今出てた奴、上手いだろ。若いの、あれ。あれ上手くなるよ、今に。おれはそう思ってるんですけどね。大概、外れるけどね（笑）。まさか、円鏡が売れると思わなかったからね。

『代書屋』へ続く

『欠伸指南』考

一九八八年三月五日　神奈川県民ホール
第五一回　県民ホール寄席　仲入り前『源平盛衰記』のまくらより

【まくらの前説】
一九八二年の三越事件で、社長を解任された岡田茂の「なぜだ?」が流行語になり、このまくらが語られた一九八八年でも話題に取り上げられた。

観てて辛いでしょ、そっちのほうが、なんか(笑)。ええ、力はないし、テクニックはまとまらねぇし、ボーっと霞んでくるし、まあこれが、ある短期間で済みゃいいけど、済まないと、ほんとに済まなくなって、辞めちゃうんじゃないかって、今、気がしてね。

変にあたしは頭がいいもんですからね（笑）、自分の芸が分かるからね、頭脳が芸より凌駕してきちゃうんです。うん。だから、あたしの頭脳があたしを否定しちゃうわけね。

これじゃ小朝のほうがいいかもしれないってことになっちゃうし。まあ辞めたほうがいいだろうってことになっちゃいます。やってるうちに何とかなるかとかね、そういう風に治まらないいんです。「なぜこういう状態にあるんだ」っていうのを分解してね、「あ、こうこうこうなんだから、あれはあの時のこうだから、こういう結果が出るのは当然で、これは次にこういう風に直せばいい」っていうのが分かればいいんだけどね、分からないとダメなんですよ。「なぜなんだ」、ってのが始まっちゃうんですよ。「なぜだ」って、あたしと、あの三越の岡田（茂）さんだけですよ（笑）。

ええ、ここんとこね。人生の岐路だね。ところが変に心配性だから、そんなに考えなくてもいいんだって人もいるんでね。酒飲んで睡眠薬食らうとかね、いい覚醒剤でも打ってボーっとしてりゃいいんだろうけどね。ええ、近頃ヤクザの友達もみんなパクられちゃって、そういうのもないし（笑）。

とにかく、まあ、困ってるんです。ええ。やけくそで『源平』でも演ってみるかな。（客席に向かって）もう何年ぶり？　一年ぶり？　二年ぶりくらい？　いや、その（拍手）、いいよ！　そんなのしなくたって（笑）。

いやあ、いつも聴いてる人は、いいときのに出会ったこともあるでしょ。だからね「上手いよ」とスタンディング・オベーションなんぞしたくなるときもあるんだよ。初めて来た人はね、「何だよ、あんなもんかい」とね、思われればいいんですよ、あたしが。その度胸がない。だらしがないね。だからなんか演る、失敗するから、観ててごらん。今日、絶対、おれ失敗する（笑）。

だからね、そういうときにはね、口慣れた噺のがいいのかなと思ってね。口慣れた噺を演るとね、またダメなんだ。それじゃあ口慣れてないほうがいいなと思って、今、演ったら滅茶苦茶だった今の噺。なんだか分かんない。唄の調子は外しちゃうし、滅茶苦茶なんだ。だから、滅茶苦茶なものを演るっていう度胸だけだね。入場料高いかね、少し。

実はね『欠伸指南』をね、考えたんだけどね。好きなんですよ。あのシチュエーションっていうかな、欠伸を習いに行くなんていうのはね、こんなものはね、バカバカしい以上に、もうもう爛熟の極致でね。であれ短いんですよ。あれ、小噺なんですからね。で、そのね、いろんなこと考えたんですよ。欠伸をね、欠伸の効用をね。ええ、まあ、ご承知のない方もいるとあれだけど、

「ちょっと付き合ってくれ」

「どこへ？」

「欠伸指南ってのがあるから、欠伸」

「欠伸なんか出るじゃない」

「出るけどさ、欠伸指南っていうんだから、なんかあんだよ。行こう」

で、行くわけね。と、まあ、「そこへどうぞ」つうと、で、欠伸には、いろいろあるとしか言わないいんだな。「じゃあ一番簡単なの演《や》ります」と。船頭、ここ乗って、

「船頭さん、船を上手へやっつくんねえ」

「船もいいが一日乗ってると、退屈で退屈でああぁ〜ならねえ」

「どうだい！　これだよ」

と、この一言が好きなんだ。これね、これですよ。これこれこれ！　これだよっていう、なんだけどね。で、そこへね、四季の欠伸もあります。欠伸の効用もありますと、ね、欠伸、「落語家殺すに刃物も要らぬ、欠伸三つで自殺する」とかなんとかってあるから、落語家の嫌な奴のときには、こういう欠伸をしなさいとか。欠伸をしたために縁談が壊れたのありますから、欠伸はこういう風にしなさいとかね。噛み殺す欠伸とか。

「じゃあクイズを出しましょう」

「こういう欠伸はどうです?」

「分かりません」

「これは西郷さんの犬がやった欠伸です」

とかね（笑）。

色々、こうやること出来るんですよ。そういうのはね。ところがそれだと、どうもその落語の欠伸の「どうだい。これだ」っていうシンプルな一点を汚しちゃうような感じがしてね。それで、まだ出来上がってないんです（笑）。

『源平盛衰記』へ続く

月なんか行かなくていい

一九八九年九月二十一日　神奈川県民ホール
第五八回　県民ホール寄席　仲入り後『二人旅』のまくらより

【まくらの前説】

一月七日、昭和天皇が崩御して年号が『平成』に改元された。

四月一日、消費税導入。翌年五月に志の輔が落語立川流の真打に昇進。


外国行ったりなんかするとジョークを、日本にジョークがないと感じるねぇ。

例えば、大統領がブッシュになると、インディアンならこう言ったとかね。イタリアのならこう言ったとか、マフィアはこう、こき下ろしたとかね。こういうのがないですね。

まあ、『笑点』っていう番組で、昔やってたんですがね。その時はなんかありましたね。

昔のね、「木口小平《きぐちこへい》は死んでもラッパを口から離しませんでした」って、あれどんな教訓なんですか？　なんだったんですかね？

（日清戦争の陸軍兵士、死んでもラッパを離さなかったという逸話が教科書で教えられていた英雄）

「戦場にピアノは持ってけねえ」

って教訓じゃないですかって（笑）。中には、

「ラッパ飲みは体に毒だ」

って奴がいるんだ。なんだか分かんない（笑）。一番凄かったのはね、なんで死んでもラッパを口から離さなかったかって、

「あいつは豆腐屋の倅だったんじゃねえか」

つって（笑）。おれ、納得したね、これはね。『千早ふる』の「竜田川」と同じだったんだね、これね。豆腐屋の出身とは思わなかったね。合ってんだよ、これ豆腐屋の出身つうのは。ことによるとね、どっかにね、あるんだよ、豆腐屋が。豆腐屋の血が流れているとかね。なんかあんだよ。

サービスに二つばかり。なんでこれ思い出したかって、こないだね、「名勝負」っていうのを書いてくれってね、雑誌の依頼が来たの。ええ、おれの好きな名勝負っていうと、

こういうのが好きなんです。

プレイボーイが二人でね、いい女が通るから、

「あれ処女だろ」

「処女じゃねえ、あんなもん。」

「俺は名うてのプレイボーイ」

「俺だって……」

賭けようって、賭けるんだね。で翌日、

「負け。処女じゃねえ」

「イヤ俺の負け。処女だった」

こう言うんだ。……噺ってのは、あの分かった奴と、分かんねえ奴がいるから面白《おもしれ》えんだ。じゃあ妥協点を出そう。『間一髪』っていうタイトル付けりゃあいいんだ。

「俺も随分遊んだけど、あのスタイルは、日本では四十八というけど、実際には六十二あるね」

「六十三ありますよ。ね。六十三。俺も随分遊んだし、六十三ありますよ」

「ほんとかよ」

「ほんとです」

「賭けようか？」

「賭けましょう」

「順に行きますよ。正常位」

「あ、それ忘れてた」

って、噺がありますけど。ええ、とっても好きな噺です。

「遅れちゃいましたね、お婆さんね。そっちは急行が来ますから、急行に乗んなさい」

急行で向こうへ着いたら、急行券催促された。お婆さんには分かんないっつうんだ。

「何ですか？　急行券ってのは？」

「急行へ乗ったら急行券だ」

「何で急行で取るんですか？　お金を」

「早く着いたでしょ、お婆さん」

「急いでませんよ、あたしは」

っつうんだ（笑）。

「いや、急いでなくたって……」

「じゃあ、私に言わせてもらいますけども、私はいつもより汽車の中にお邪魔した時間が短かったじゃありませんか。汽車の中にお邪魔した時間が短くて、なんであなた余計に取るんですか？　むしろ安くなんなきゃおかしいですよ」

時間代と判断したらその通りだあな、これ。時間を言わなきゃな。速《はえ》えもんと、多いもんがいいもんだと思ってるから、向こうがそうこねえんだもん。とうとう取れなかったって話があるよ。

そんなもんだよ。基準なんてもんはね。だから、より多くより速くと求めていた、まあ文明かね。文明というのは、どっかで間違って……。月なんぞ行くことねえじゃねえ、海王星なんて行くことは。月というのは、あそこでウサギさんが、道具屋（十五夜）お月さん見て跳ねてんでしょ（笑）、あれ。あれでいいじゃないですか。あれで。なんで行くのかねえ。

行かないとやっぱり不安で行ったのかね。誰かが行くべきだと決めたのかね。「阿弥陀が行け」と言ったのかね。知らねえけど。（三代目桂）枝雀だね。まるで。あれ、どう。行かなくたっていいじゃない、あんなもん。で向こうはなんて言うんだろう？

「だったら、おまえら横浜行かなくったっていいじゃねえか」

って言われちゃうのかね。

「うるせえな、この野郎！　おれ横浜好きなんだからいいじゃねえか」

「おれだって月が好きだい！」

この程度じゃないですか。科学の論争なんつうのは、これ。

『二人旅』へ続く

語る噺家で、吉原は違う

一九九〇年七月十日　神奈川県民ホール
第六三回　県民ホール寄席　仲入り後『五人廻し』のまくらより

【まくらの前説】
吉原遊郭……江戸幕府によって公認された遊郭。明暦の大火後の一六五七年、江戸日本橋近くから浅草寺裏の日本堤に移転した。戦後、売春禁止法が可決成立し、一九五七年四月一日に施行され、吉原遊郭はその歴史に幕を下ろす。

廻し部屋っていうのが、あったとか、なかったとかっていう。江戸にはあったけど上方にはなかったっていいます。ええ。あたしも甲府で廻しっていうの取られたことあるけど、あんまりいいもんじゃないです。あたしが吉原を話すとね、どうしても生理的に話したりするからね、リアリティが先にくるからね。聴いてるほうが嫌んなるよ、きっと。どこでどういう風に洗浄するんだなんて話聴いたら面白くないでしょ。あんた。

「(志ん生の口調で) ええ吉原というものは、遊女三千人と申しまして、ええあそこ行くと、日本銀行が発行した絵ハガキ持っていくと、十年も懐いたちんころみたいに、

『おまえみたいな様子のいい人が、どういう風の吹き回しで来るんだろう』

なんてんで、鉋屑みたいなこと言われて、

『おまえさんと骨がなかったら、一緒になりたい』

なんて言われると、どうも俺は骨があっていけねえな。ナマコが羨ましい、なんというようなことを言ったもんで、ええその花魁というのは、全盛になると大層なもんで、遊女三千人から選ばれてくるんですから、そこへ通ってくる男の気持ちというものは何ともたまらない。ええ、〝惚れて通えば千里も一里、長い田んぼも一跨ぎ〟なんて、あんまり学校では教えないけども……」

なんていうのを聴いてるとね、いかにもいいように感じたですなあ。文楽が言うよりも、金馬が言うよりも、志ん生が言うと、なんか吉原が良く感じたもんです。金馬が言うと何か理屈っぽくなりまして、

「(三代目金馬の口調) 遊女三千人と申します。いろいろございますが、中には悪いの

もございました。散茶女郎《さんちゃじょろう》なんてんで振らずに出す、てんですから、これは酷いもんで……」

まあ、圓生師匠なんぞは割と品が良く、まあ見えたのかねえ。ほんとのこと言うとまた喧嘩になるといけねえ、喧嘩になるって、あのまあいいや、だがね。なんだか分かんなくなっちゃうんです、あたしは。ええ。こないだ死んだ紀伊國屋の田辺茂一さんの口癖で、

「ええ、なんだか分かんない。まあ、気にしない」

ってこう言っちゃうんですよね。

『五人廻し』へ続く

芸術の善し悪しは、誰が決める？

一九九一年七月十日　神奈川県民ホール
第六八回　県民ホール寄席　仲入り前『明烏』のまくらより

【まくらの前説】

一九九一年六月三日、長崎県島原半島の雲仙普賢岳にて大規模な火砕流が発生する。

前年の一九九〇年、イラク軍が隣国のクウェートに侵攻を開始、国際連合よりに認可された多国籍軍が一九九一年一月一七日にイラクへの攻撃を開始し、第一次湾岸戦争が始まった。

一九八六年に発生したトリカブト毒を用いた保険金殺人事件が、一九九一年に発覚する。

一九九〇年一月、俳優の勝新太郎がホノルル空港で下着にマリファナとコカインを隠し持っていたとして現行犯逮捕される。

一九九一年、タレントのなべおさみが息子の「明治大学替え玉受験」でバッシングされる。

一昨日《おととい》、帰って来たの。あの島原ってとこへね、皆がこの避難民がたくさんいるっていうから、おれ、避難民って好きなんだ。あれ見てると、なんか優越感があってね（笑）、我々も炊き出しされた経験あるけどね。行ったら皆、聴きに来てるよ。まあ、少ない会場もありゃ、急だから、まあたくさんいるところもあるしね。パチパチパチパチなんて、拍手で迎えられてね。

「言っとくけど、おれは慰問に来たわけでも、なんでもねえんだ」

つったの。

「おれは火山を観に来ただけだから、噴火を」

とね、キャンキャン笑ってんだよ、皆。

「あんたがた、まさかなんだぞ、あの、温泉地なんだから、温泉がただ湧くわけねえんだから。下で沸かしてる奴がいりゃ別だけどもね。そうでない限り下に火山があるぐれえ知らねえとは言わさねえよ。火山っていうのは爆発しねえとは言わせねえよ。え、三原山だってあんた、キラウエアまで行かなくても、やれその浅間山だってみんなやってんだから。東京に地震がねえとは言わせねえのと同じようなもんで、それは言わせないよ、あんたがた」

つったの。

「まさかこんなことが、あるとは思わなかったと思ってねえだろうな、おい」

っつったわけよ。

「で、注意してりゃ助かったから、死ななくって済んだじゃねえかって」

つったの。

「なんだ、あんなもの。四十人くらい死んだって、日航のほうがよっぽど大変だったよ」

つったわけ。数の上から言ったら。坂本九はじめ、ドカーンと五百人くらい死んじゃったんですよ。そしたら誰か一人がね、

「何言ってんだ。我々の苦しさが分かるか」

って言うから、

「分からねえよ、てめえの苦しさなんて」

つったわけ。

「じゃあ何か、おまえ、おれに何か慰めてもらおうと思ってんのか？

『あんたがた大変ですね、頑張ってくれ』

なんて、おれがそんなこと言うと思ってんのか、おまえ。×柳×子と一緒にしてんじゃねえだろうなあ（笑）。人をバカにすんのもいい加減にしろ、この野郎。誰だと思ってんだ！　おれを！　立川談志つぅんだ。おめえ。ちゃんと嘘つかずに暮らしてる人間なんだから、帰れ！　手前《てめぇ》は」（笑）

つって追い返しちゃったけどね。そういうのいるの。こないだ見事なスタッフ《やっ》がいたね。客の一人があんまり騒ぐからね、「あのー」つったらね、係の奴がね、ブーンっと来てね。今ほらサインでもなんでもね、その処理する方法知らないね。喧嘩するなとは教えるけど、喧嘩したときに、どうしていいか教えないからね。

ところが見事な奴だったね。その客をズルズルって引きずり出して、三つばかりガンガンて張り倒してボカーンとしたところ、表ぇ、放りだしちゃったよ。見事だったね。思わずね、「たまや〜」って言おうかと思ったけど（笑）。

だからね、本来ならこういうことでしょ、

「大変でしたね。いえ、でも火山の上にいるんですからね。まあ、こういうことも気を付けてなきゃいけなかったんですよ。それにしてもね、まあねえ、死んだ方、気の毒だけど、しかし、まあしょうがないです。世間様からいろいろ本当に義捐金などいただいて、ありがとうございます」

ってのが本当だね。おれはそれが違うんだからね。マスコミがね、本当は、皆、そういう了見になっちゃってんだけど、みんながそう思えば、そう思うんだけどね、

「あんた方ねえ」

あんた方っていうのは、島原のその避難民、

「あんた方なんだろ？　本来こういう会話があっても不思議はないだろう？」

と、

「だけどマスコミは悲劇にしておかないとあんた方。本が売れねぇの、新聞がはけねぇのって言うから、悲劇のあれにしてんだろう」

と、

「可哀想にこの通り、火山に埋まってどうのこうの」

って言うから、もう、

「悲劇の顔してな」

と、おれも東京帰って、

「可哀想だ」

って言うから。

「おれが落語演ってると、皆、灰に埋まって首だけ出して聴いてるんだから、島原の人は……(爆笑・拍手)、それが灰の中でこんなになって演ってんだ」

からって。

「そう言うからよ。こんなプレハブじゃいけねぇ、『ビル建てろ』とかね、『落語だけじゃいけねぇから、歌舞伎呼んでこい』とかね(笑)、『船だけど、もう、飽きちゃったからハワイに連れてけ』とか、いろんなこと言ってね。もっと、甘ったれたらどうだい? トコトンまで」

って言って、うん。本当にそんな気がしますよね。だからね、酷いもんですよ。これでもか、これでもかってするのね。

あんだけ騒いだ湾岸戦争、……湾岸戦争なんか、どうでもいいの、おれはあんなものは。だけど、あの油になっちゃったあの、鵜だかさぁ、水鳥がこんなになっちゃって、飛べなくなって、おれ、あれ見て可哀想だと思ったよ、さすがに。動物に罪はねぇんだもの。あれ、全然報道しないねぇ。雑誌面で、こんなことやっているって画《え》もなければさ、なんにもないね、あれね。あれ、失礼だね、ああいうの。あとはフセインがクソを食らおうが、ブッシュがどうなろうがねえ、クエートが潰れようが、構やしねえ、そんなもの。あとはなんにも報道しないね。ああ、だから、ちょいと我慢してりゃぁ、すぐ終わる。だから、なべ（おさみ）があんときも、電話かけてやったんだ。「ちょいと我慢してりゃぁ、すぐ忘れちゃうから心配するな」（爆笑）勝新（太郎）の「か」の字も言わないじゃないですか、今ぁ。ねえ、もう、お終いだよ。もう、勝新、ヘラヘラしてんじゃないですか？　言わなきゃいいんだから、あんなもの。それだけのものですよ。

今は、トリカブトでしょう、話題《あれ》ねぇ。あれも頑張っているねぇ、一所懸命ねえ。白状するがいいじゃねえかねぇ。ウチの弟子が、遠山の金《キム》さんになってね、「ハクジョウシロ！」

なんてことになるね（笑）。ああいうところはおかしいけどね。

落語だけだな、いいか悪いかの区別がつくの……。他のもののいいのって区別がつかないでしょう？　歌聴いたって、たまたま、いいっていうだけで、どっちがいいんだか分かんないよ、あんなもの。どっちがいいのかねぇ？　本当に音程がどうのこうのって言ったら、越路吹雪も随分外したよ（笑）。村田（英雄）なんか外れっ放しじゃないですか、最初からお終いまで（爆笑）。あれだって、「男っぽくていい」って言うんだったら、それっきりだよねぇ。おれ、オペラなんか、どう考えて、キ××イとしか思えねぇもん（爆笑）。「ウワァアアアアア〜、ォォォォ！」（笑）

大丈夫かよ、おい？　具合悪いんじゃないの、どっか（笑）。あれが、「いい」って言うんだもんしょうがない。

落語も、上手い拙いはねぇんですよ、別に。どっちのメロディーとどっちのリズムが好きかっていうね。タップダンスだって、そうですよ。どの絵が一番いいんですかね？　絵っていうのはどこで決めるの、あれ？　例えば、ゴッホとモジリアーニって、どこで判断するの？　どっちがいいかっていうの？　画商が言うだけでしょう。ねえ？　嫌だよおれは、あのゴヤなんて、あの宮廷画家の頃のゴヤは見てて、プラド（美術館）なんかいいけど、あの『我が子を食らうサトゥルヌス』なんて、こんなになってるの、あんなもの貼っておけないよ、怖くて、家へ（笑）。〝貼っとく〟ってのも、変な発想だけどね（笑）。おれの発想その程度なんだ、貼っとくなんて（笑）。

「長谷川利行には、人生がある」

人生があるたって、なんなんだ、分かるもんか、そんなもの。ただの貧乏人じゃないですか、あんなもの（笑）。だから、おれはルノアールが一番好きなの、いい気持ちにしてくれるから。いいじゃねぇかルノアールで。いい気持ちだもの。まぁ、モネぐらいならいいけどね。セザンヌなんて面白くもなんともない、ただ、歩いているだけでね。なんか、果物を描いてあるだけでね。よく分かんない。モジリアーニなんて、首が長いだけで面白くもなんともない（笑）。ただ、ジェラール・フィリップとアヌーク・エーメの『モンパルナス一九』って映画が素晴らしかったの、我々の青春にとってね。モジリアーニの伝記ね。『モンパルナスの灯』と邦題《やく》された。え〜、それの、あれでね、あるけどね。あと、ちょっと分かんないよ、あんなもの。

絵の具を余計に使ったのがいいと言うなら、これは分かるんだよな（笑）。「ああ、これはたくさん使ってるなぁ」とかね（爆笑）。使わねぇのがいいとかね。簡単に描くやつ、一筆描きが一番いいとか、ね？

「こらぁ、お前、和田誠に比べたら、山藤（章二）なんてダメだよ」

なんて、「描き過ぎるから」とかなんとかってことになれば分かるよね。誠ちゃんの絵は簡単だもんね、こうやってね。それなら分かるんだけどね。勝手に決めただけなんだよ。とりあえず、どっかで決めるんだよ。画商が決めるんだな。そんなもんだな。

そういう言い方をすると、美人って誰が決めたのか？　って、これも困るね。誰が決めたの、美人っていうの？　少なくも、近世はハリウッドのプロデューサーが決めたんだと思うよ。昔は誰だったのか、ミケランジェロが決めたのかね。誰が決めたんだか知らないけど、あれも分かんないよ。

おれみたいにこういう具体的に、このインパクトを強く言わないだろう、昔の人は。志ん生は割と強かったけど。非常にエッセイ風にふわぁっと言ってんだよね。こういう露骨な言い方をしないんですよ、うん。おれの始末の悪いのは、全部そういうのを承知の上でやっているというのが、一番始末が悪いんだよね（笑）。それが癖《へき》なんだから、しょうがないよ。言いたい奴が言いやがんの、

「おい、談志、お前そんなこと言わないでね。『今日は雨です』って言うだけでね、エッセイ風に喋っていることが、これが人生の核心を突くようになれば、一人前だ」

って言いやがんの。バカなことを言いやがんなぁ。「知らねぇよ、そんなもの」って言ったの。そんなのになったら、気味が悪いだろ？　おれがそんなのになったら（笑）、あんた、ねぇ？

「え〜、秋が来ると……」

なんて嫌《や》だよ、なんか（爆笑）。よくそういうことを思うときがあるよ、こう演ると良くなるって、余計なお世話だ。人間なんて、元々歪んでんだもん。その歪んでいる状況で、友達がいたりね、憎しみあったりしてんだから（……笑）。

だから、落語は上手に、または露骨に、落語の中に昇華したところで、そいつの了見が出ているのね。了見っていうのは少なくも、（十代目柳家）小三治のバカみたいに、あのう、『子別れ』聴いたら、「夫婦は仲良くして、家族がいるのが一番良い」なんて、あんな

ことを言わせるあいつの人生のフレーズ、本当にああ思っているのかね？　だとしたら、落語家の風上にも置けない、こういうバカ、本当に（笑）。

小さん（五代目）師匠がそうでしたよ。おれに何て教えたと思う？

「落語家は、心正しく暮らせ」

って教えたよ、おれに。なんだと思っているの落語家って、つうの（笑）。心正しいってなんなのかね？　こういうことを弟子に平気で言うんだよ、六十近くなったときに、あれ。「ああ、こりゃぁ、ダメだな」と思ったね、おれはね。ただ、物体として面白い形をしているからね、「ああ、なるほどなぁ、これは墓石の宣伝ぐらいならなる人だ」と思っているんですがねぇ（笑）。

こういう言い方は前からしてたからねぇ、師匠に対してはね。

「面白くねぇんだ、師匠の芸っていうのは」

「バカ野郎、手前に分かんのかよ？」

って言うから、

「おれにも分かんないなら、客にも分かんないよ」

って言ったの（笑）。

「ウケねえじゃない。おれのほうがウケるじゃねぇか。……二人会演ろうか？　おれが前

に上がったら、客は皆帰っちゃうよ」（笑）

これを言ったら、地団駄《こんな》になっちゃったけどね。『文七元結』なんて演るんじゃない、女性が出来ないんだから、女性があの顔で、その。客が笑ってんじゃない、バカにして笑われてんだ（笑）。どうしようもない。

可愛い人だと思っててね。対等にいったらいられないから、おれが上だと思ってて、だから師弟関係が上手く保《も》っていたんですよ（笑）。可愛がっていたから、おれが。向こうは面白くねぇ、可愛がられていると、なんか、どっかでね。元へ戻そうっていう時に、バーンと爆発して、喧嘩になっちゃった。だから、向こうで頭を下げてくれれば、おれは許してやろうと思っているんだけどね（爆笑）。

だから、これからの落語家っていうのは、どこまでの、その了見が……、いや、あるのはいるんだよ。（古今亭）志ん駒なんてありそうだね。小益（現・九代目桂文楽）にもあるんだよ、そういう了見が。だけど、あれは如何せん、落語を十ぐらいしか知らないんだから、まぁ、文楽師匠も三十ぐらいしか知らないから、三分の一ぐらいだから、文楽になったっていいですよ、呼びつけるの楽だもの。

「おい、文楽！」

なんてぇの、いいよぉ（笑）。黒門町じゃねぇよ、あいつどこに住んでいるのかね。あいつ、あれ稲城の出身なんだよ、あれ。「稲城の師匠」なんて、嫌《や》な師匠だけどね。何も出来やしねえよ、あんなもの。ただ、ヨイショするだけでね、桂文楽……、何でもいいよ。おれ、「セコ文楽」になれって言ったんですよ。「桂セコ文楽」っていいね（笑）。

「（アナウンサー口調で）今日の落語は、桂セコ文楽さんです」

チャカチャンチャンチャンチャーンて、切れちゃったりなんかしてね（笑）。『野崎（詣り）』の送り最後まで演らないの、そこでお終いになっちゃう。

だから、これからの落語は、落語家は、どれだけそういう了見に適った、己のね、己の了見をフレーズにして落語の中に入れて出してくるかでしょう。そういう意味では、おれのところの志らくなんていい了見しているよ。あれが今一番才能がある、そういう意味では。談春なんていうのは、リズムとバランスというのかな、あれは抜群で、そういうのは上手い。けど、了見で来るっていったら、あいつに敵う奴はいないんじゃないすか。志の輔も敵わない。今、こぶ平（現・九代目林家正蔵）だとか、三木助（四代目桂三木助）だとか、あんなのは足元にも及ばないだろう（笑）。素質が違う、人間のね。出来がね。そういう意味では、楽しみにしているんですよ。

志の輔は、今、そのうちに困って、自分が芸人……、芸人というのは非常識なもんです、一口に言うと……非常識。非常識だから、こっちにいたんですよ、河原乞食のほうへね。非常識な者を置いておくわけにはいかないでしょう、常識の世界に。その代わり、非常識の特権を持っていたよ、我々はね。

我々は非常識なんだから、朝から酒を食らうよ。女郎買いにも行くよ。女房《かみ》さんも替えちゃうよ、と。非常識の……。その代わり河原乞食で結構ですよ。非常識人間なんだ。

それが市民権を持っちゃったでしょう。だから、始末が悪い。河原乞食は何やってもよかったんですよ。ポケットにコカイン入れようが、鼻の中に入れようが構わなかったんですよ、そんなもの。見っかったら、罰金払って、ペナルティ払って、またやればよかったんですよ。非常識なんですから。

それが今、ここで演っているのが、常識的になっちゃったでしょう? 常識的なのがテレビに出てきて、……テレビは一体どっちなの? ってこと。常識の世界なの? 常識の世界でも、どっかいくらか非常識である〝たけし〟を求めたりしているのね。で、おれほど非常識になっちゃうといられなくなっちゃうのね（笑）。たけしブッ飛ぶもん、おれと一緒に出ていると。

『笑点』だって、保《も》ちゃしねぇよ、こんなもの。あの圓楽（五代目）みたいに、万度《ばんたびおんな》同じバカ笑いして、アッハッハ（笑）。バカだね、あいつも、とうとうね。もうちょっとおれ、買ってたけどね。やっぱり五十代あたりでもって、ガクーンと差が出るね、生き方に対してね。

「もう、諦めろよ」

って言いたくなるよ。自分で気がつけよ。あいつ、噺下手の蓄膿症なんだから、で、バカ笑いのこの三点なんだ（笑）。これがあいつの取り柄なんですからねぇ。その通り演ってんですから、早い話が。

『明烏』へ続く

ロジカルとユーモア

一九九二年五月二十二日　神奈川県民ホール
第七三回　県民ホール寄席　仲入り前『粗忽長屋』のまくらより

【まくらの前説】

一九九二年一月八日、当時の首相・宮澤喜一が主催した晩餐会で、来日していた米国大統領ジョージ・H・W・ブッシュが宮澤の膝の上に倒れ、嘔吐したあとに気を失い大々的に報道された。

一九九二年四月末から五月初頭にかけて、米国ロスアンゼルスで大規模な暴動が発生する。今日では、多人種都市での人種暴動の典型的なものとされている。

一九七二年に結婚した歌手の千昌夫と、アメリカ人の女性歌手のジョーン・シェパードの夫婦は、千昌夫の女性問題で一九八八年に離婚した。

この頃はねぇ、……ロスアンゼルスの騒動、……昔から白い黒いはつけようって言ってたんですよ、世の中っていうのはね（笑）。

「早く白黒つけようじゃねぇか、お前」

って、ついてたんです、白黒、アメリカはちゃんと。黒人には、あんなものやらねぇとかねぇ、バカにしてて、白黒ついていたじゃないですか？　ボクシングはいいとかねぇ、やっとジャッキー・ロビンソンが入ってきたでしょう、あの、あそこのドジャースへね。ダジャースですか、ブルックリン、昔のねぇ。それを一緒にするから、ああいうことになるんですよ。だから、この際ドンドン燃え上がってですね、白黒の戦争が出来て、殺し合いになってねぇ、半分ぐらいずつ両方で死ぬと、随分楽になると思うんですけどねぇ（笑）。

ソビエトのジョークは、

「オタクはなんですね、黄色いのやら、白いのやら、薄黒いのやら、浅黒いのやら、真っ黒のやら、いろいろ、こういった共和国ですから、いろんな色が入っていて、あれ、よくまとまりますねぇ？」

「皆、赤だ」

って話があるけど（爆笑・拍手）。フッフッフ、その赤がなくなったら、見事にまとまんなくなっちゃったわけでしょう（笑）？　まぁ、そんなものですよ。

タイ国なんか、王様が出て来ると、まとまるっていうのはいいねぇ、あれねぇ。そうだね、王様は将棋でも、あんまり動かないね、普段からね（笑）。「穴熊」なんて、中に入っちゃうのもあるけれどもねぇ。だけど、そういうもんだよ。

まぁ、本当にユーモアがないっていうけどさぁ、当たり前なんでねぇ。欧米《むこう》はロジカルに暮らしているから、参っちゃうんですよ、いろんな国が集まっているから。ロスアンゼルスだってそうでしょう？　あんだけ韓国人がいるとは思わなかったけど、いるんですよ、あれ。あそこに朝鮮人街があるんだ。朝鮮人街の向こうのところに、あれがあるんだ、メキシコ人街があってな。リトルトーキョーって、日本人街ですから、早い話が。それで、あの、チャイナタウンがあるんですから。で、こんなものが行き来すりゃぁ、言葉なんて通じないでしょう、そんなの。各国語に長《た》けた奴が来てるんじゃないんだから。

「コモエスタ、セニョール」

ってやってるところでもってねぇ。それで、こっちのところじゃぁ、あんた、「マナハナチャー、ハレチチェン、ヤヤァー（笑）。ハナハナ、マンナカピー」（笑）

そんなのが喧嘩になってねぇ、そりゃもう、まとまらないですよ。だから、とりあえず、イギリスの言葉でやろうって、まぁ、米語《アメご》ですけどね。それで、まぁ、やったんでしょうけどね。

でも、いろんな言葉が入るから、やっぱりロジカルにしないと保《も》たないでしょうね。これは何が欲しいのかとね。「ああ、まかせらぁ」なんていう、そういう発想はないから。

「あなた、なぜ、意見を言わないいんですか?」

って言ったら、

「ええ、もう、結構でございます」

「ああ、そうですかぁ」

なんてのはないものね。「なぜ、意見がないかと言いますと、私は」っていう意見を言わなきゃなんないでしょう。「意見がない」という意見を言わなきゃならないね。だから、よくやってんじゃないですか?

「お茶を淹れて欲しい。ティー、プリーズ」

なんて。

「『お茶を淹れてくれ』て言うと、なんか、いかにも僕は君に労働力を求めているように聞こえるかもしれないが、それは、そういうことではない。確かに労働力を伴わないと、お茶を淹れるというのは成立しない行為には違いない（……笑）。しかし、僕は、そうではない、君に淹れてもらいたいというのが優先だ。なぜなら、愛しているからです。一杯飲むお茶にも、レモンティーにも、愛を求めても不自然ではないだろうという自信も、僕に芽生えてきてるし、それはとっても美しいものだと、自分で信じられる。つまり、お茶を欲しいと同時に、君の愛が欲しいんだよ。ティー、プリーズ。アイ、ラブ、ユー」

なんてやってんの（笑）。これに近いことをやっているわけ。デフォルメするとこうなるだけの話でね。映画なんて観ている若い奴はバカだから、

「（若い女子の口調）イイわねぇ〜、ねぇ〜、お茶一杯にもさぁ、あっちは愛があるのよねぇ〜」

なんて言ってるけど（爆笑・拍手）。冗談じゃねぇこんなもの、お前《めぇ》。歳とってやってられるかい、こんなことなぁ（笑）。日本は、ほらぁ、以心伝心だから、

「婆さん！」

「お茶だろ？」

って来るんだよ（爆笑・拍手）。向こうは大変だぁ。

「あああ、お婆さん、いや、悪かった。悪かった。未だに、若い、非常にベリーヤング、ベリーヤングの君にお茶を淹れて欲しいのは労働力を伴うのではない（爆笑）。未だに君を愛しているからだよ」

大変だよ、こんなものな（笑）。ああ、保《も》たねぇよ。千昌夫まだ気がつかねぇのかね、

バカだね、あいつは（爆笑）。あれは気がつかないいんじゃない、気がついているんだけどね、「そんなことはない」って歴史を作っちゃったから強引にそこにいるんだろうな。そういうもんなんですよ。

移民の国は、いろんなところから集まって来るからねぇ。どうしたって説明するでしょう。はぁ、だから、説明しないでお互いに、

「俺の眼を見ろ。なんにも言うな」

なんていうのは、向こうで悔しくて堪らないんだろうね。「ツー」って言えば、「カー」とかね。以心伝心なんというのは、もう、堪らないいんだよ。嫌なんだよ。おれたちは、フッと放っちゃうと見事にロジカルでなくなるでしょう。

「まぁまぁ、お互いに、まぁまぁまぁまぁ……」

なんて言ってるのを見て、悔しくてしょうがない。それはもう、〝まぁまぁ野郎〟が自分たちよりも経済が上がってきちゃったからねぇ（笑）。それが、ロスだ、ニューヨークだ、全部席巻しちゃって、そこでもってねぇ、なんぞと言うと、

「どうもどうも」

って言ってるのはねぇ（笑）、こらぁ腹が立つだろうねえ。これが経済摩擦の因《もと》じゃねぇかと思うんですけどねぇ。そんな気がしますよねぇ。

　だから、雁字搦《がんじがら》めになって、どうしようもなくなった状況をどこで打破しようかっていうと、この、つまり、なんていうのかな、……このロジカルをぶっ壊しちゃおうっていうんだろうなぁ。これがユーモアなんだろうね、きっとね。だから、ユーモアが出てくるんですよ、当然。

　……日本人はあんまりそういうのはね、あるとしたら、落語だけだな。落語は逆に変にロジカルなんですよ。向こうのユーモアっていうのは、ロジカルじゃないんですよ。落語は逆にロジカルなんだよね。変なところに理屈をこねてくるでしょう？　「一体、どっちなんだい？」なんていう、うん。つまり逆に二人称で演ってる、あのう金馬師匠が演る、

「（金馬の口調で）人が出たか？」

「出たの、出ねぇのってね」

「どっちだ？」（笑）

　なんて演ってんですね。

「出たんなら、出た。出ないなら、出ないとハッキリお言い」

「出たのぉ〜。出たのぉ〜。言いにくいなぁ〜」

「そんなことあるもんか、お前たちよくそういうことを言う。食べて、『美味《うめ》ぇの、美味くないの』って、どっちなんだ？」

っていう、この二人称を逆にね、三人称にロジカルにしていく部分がある。これが逆にユーモアなんだよね。「日本人はユーモアがない」っていうのは、当たり前なんだ。必要ねぇんだ、そんなもの。

「ヨォン！」

って言えば、済んじゃうんだもんね（笑）。欧米《むこう》は済まねぇんだよ。だから、前にも言ったように、ブッシュがあんな一言をねぇ、……吐いて、テーブルクロスを汚して、「洗濯代が高くつくだろうなぁ」って言ったときにね、「米のほうが高くついてますよ、アンタ」

っていうね、宮澤（喜一）がそう言ったらね、あんたね。向こうは逆に、ビョーンってなるんですよ。

「あっ、これは、その、こういうところで話さなくてもいいんだ」

なと、

「違うところでモノが判断出来る奴なんだな」

っていうのがあるの。それがないんだ。それ知らないんです、宮澤っていう人は、ただ、こんなになっちゃって、あの会食……（爆笑・拍手）。……金語楼を思い出すんだ、あの顔見てると（笑）。

あーあ、こんなに公演を私物化している芸人もねぇだろうと思っているね、自分でね。でも、これ大事なことなんですよ、あのう、あなた方も、人生をいかに私物化するか？家庭を私物化しねぇ、会社を私物化するんです。で、私物化して向こうに喜ばれれば一番いいんですから。皆、私物化して喜ばれりゃ、一番いいんですよ。具体的に言えば、会社の名義を書き換えて、自分が社長になって、向こうに喜ばれりゃぁ一番いいんですから、これぇ。

「よかったよ、借金肩代わりしてくれて、ありがとう。社長でやってくれ」

って思われればいいんですから。それでねぇ。うん、そんなものでね。

あたくしは落語演ってて幸せなのは、

「誰、やれ、その、シェイクスピアがどうの、何がどうのって言ったたって、『欠伸指南』に敵いっこねぇ」

って威張っているんですよ。欠伸を習いに来るこの発想。これから演る『粗忽長屋』と言ってるけれど、この凄さね、ええ。もう、どうにもしょうがない。

この噺は、誰でも演る噺なんで、『粗忽長屋』といって、粗忽な奴が失敗したと、こう言ったのは、わざと粗忽にしてテーマを押し売りする談志の芸のようなことをしないで、皮肉じゃないですよ、客観的に見ているんですよ、自分を。

そういう風にしたほうが、いいとしてしたのか？　こりゃぁ、分かりません。未だ、分かんない。……分かんないのはあるんですよ、落語っていうのは、もういっぱいありますよ。例えば、『お菊の皿』なんていうの、こんなこと分からなかった。

「明日はお休み」

なんて言うんだけど、「ああ、こんなに深い意味があったのか？」っていうのは、分からなかったしねぇ。だから、『粗忽長屋』っていってたほうがよかったのかもしれないですよ。でも、少なくも、おれらはずっと、「粗忽じゃない」って言っててんです、この落語は。そそっかしいと自分が分かんなくなっちゃうっていうのを、そそっかしいと言うのかどうか？　どうぞ、これ、聴きながら判断してください。

『粗忽長屋』に続く。

正義の正体

一九九三年十一月三十日　神奈川県民ホール
第八二回　県民ホール寄席　仲入り前『勘定板』のまくらより

遅れているという自覚はあるんですよ、ちゃんと（笑）。昔はそのときによくねぇ、開口一番、「女が放さなかったからねぇ」ってなんてことを言ってたんですけどね。……遅れているのは分かっているんです。だからといって、それを自分の努力で縮めようという感覚はないんです（笑）。全くないんです。嫌なんです、それで、どうしても遅れが取り返さない場合は、行かないんです（笑）。

例えば、遅れる場合ねぇ、割と拘《こだわ》っているんだ。言い訳はしない。ありとあらゆる自分の正当性を喋るんです（笑）。「体質がインド人によく似てる」って言われましたけれどね。

仮に十二時の待ち合わせをしてねぇ、そこへ行くまで、一時間かかるとするか……。すると、十一時に出りゃぁいいんですけれども、もっと分かり易く言うとなぁ、……おれが分かりにくくしちゃったんか？

　ズバって言えばねぇ、向こうが、その、約束の時間から遅れたあたりから、イライラしたり怒るんですよ。ねっ？　ええ、十二時に待ち合わせしたのに……、こっちは、もう、十一時に出たときからねぇ、

「あっ、これじゃもう遅れちゃう」

っと、三十分遅れちゃうとなったとするわね。そっから、イライラするんですよね（笑）。いいんですよ、遅れて十二時からイライラすりゃぁいいんです、こんなもの（爆笑）。

「何で遅れて来るの？」

　って言われるから、

「前の時間が楽しかったんだよ」

って言うんですけどねぇ、そうなんです。前の時間が楽しいからねぇ、遅れたときの言い訳なんて、昔、演ったことがありましたよ。気障にねぇ、

「貴女《きみ》がどれだけ待ってくれるか、ちょっぴり、試してみたんだ」

だとかね……。女の子の可愛いのに、こんなのがあって、

「遅れた分だけ、付き合うわ」

っていうのがあったね。これはいい。そうかと思うと、

「約束は、あんただっけねぇ？」

なんていう、そういうのもあったね（笑）。

「念入りにお化粧してたのよね」

なんていうの、

「念入りにやってその程度か？」（笑）

なんていう（笑）、

「お前に合わせたんだ」

とかなんとか……（笑）。そのときの傑作にねぇ、

「ゴメン！　遅くなって。実は薬屋で買いにくかったんだ」

っていうのがあったんですけどね（笑）。

山本晋也（映画監督）がねぇ、あの風営法を食らってねぇ、あの裸が禁止《いけ》ねぇってことになった。

「何やってる？」

「女を裸にして、お灸を据えてるの」

女はねぇ、

「あぁぁ〜ん、あぁ〜、あぁ〜ん」

って同じなんだ、あれねぇ（爆笑）。灸を据えてるんだから、文句はねぇよな、これなぁ。そういうジョークがあるじゃないですか、公爵夫人のことを「ブタ」と言って、訴えられた奴がいて、

「今そういうことを言ってはならんぞよ。よってこれだけの罰金刑に処する」

と、

「ああ、裁判長様にぃ伺うけんども、その公爵夫人を見て『ブタ』って言ってはイケねぇんちゅうか？」

「その通りだよ。二度と言うんじゃないよ」

「はぁ、……ブタ見て、公爵夫人と言ってはイケねぇのかな、これ」（笑）

「そりゃぁ、お前の勝手だろう」（笑）

「はぁ……、さようなら、公爵夫人」

って言うんですよね。ヘッヘッヘェー。

おれは、金が貯まってしょうがないの（笑）。ゴロゴロ転がっているの、おれん家《ち》に金が、億単位で（笑）。あるというだけで、その金でなんとかしようって発想は、何にもな

いんだから、無駄って言えば、こんな無駄はないよな。「金持ち」っていうのは、おれみたいに金を持っているのが、「金持ち」って言うんじゃないの？　もっと分かり易く言うと、所謂こっちからビルを持って、それを担保に入って、ってあんなのは金持ちじゃないよ。一番の金持ちは昔の原始人な。穴空き巨石を背負っている奴な、あの金な（笑）。あれ充実感があるだろうな、あの金を持っている奴は……。

そのくせおれは、どういうことをやっているかと言うと、

「あそこに置いておいた二百円どうした？　おい」

なんて言ってね。

「おい、ここ二十円あったろ？　どこへやった？」

とか（笑）。大根が二百円だと買えねぇんだ。おれ、百円じゃないと嫌なんだ。そういう了見。ラーメンはもう、四百円以上出さないの、絶対におれは。だから、殆ど食えないの、金が足らないから（爆笑）。時々無理して、「ああ、今日は二百円余計に払っているな」って意識して六百円のラーメンは食うけど。おごりは別よ、他人の。

だって、金で解決するって下品だと思わない、あんた方。金持って行けば、売るのよ。航空券でも、グリーン券でも、持ってった奴から、どんなバカでも。

「あなたは親切だから、これを売ります」

ってていうんじゃないのよ。
「あなた、清潔だから売ります」

「あなた、とっても心根が優しいから売ります」

っていうんじゃないんだよ。銭持って来る奴から売りやがんだ、そんなもの。解決出来ちゃうんだ、面白くねぇですよ、そんなもの。

ねぇ、だから昔の湘南電車ってのは古いけど、あっちのほうから、鎌倉なんかから乗って来る連中はねぇ、グリーン、……当時、二等車って言ってたけど、あれに乗っている連中はねぇ、どっか品良くしてたよ。金で解決することは下品だってことを知ってたんだろう。だから、品良くしてましたですよ。

なんていうのかなぁ、昨日のことがこんなに忘れちゃうのかねぇ（笑）。確かに思い出すっていうのは、嫌《や》ですよ。あのねぇ、過去なんていうのはねぇ、まぁ、中には美化してよかったことがあったと、まぁ、勝手に思う場合があるかもしれないけれどもね。満足っていうのはないんですから、人間なんていうものは、もう。満足なんてするわけないんですからねぇ。不満足を背負っているんですからねぇ、どっかで面白くないですよ。でもねえ、どっかで、面白くないっていう状況を確認した上でね、その次の期待……、期待って言ったって殆ど裏切られるんですけどね、こう、行くわけなんですけどね。それが恐ろしいんですかね、次から次へと行ってないと……。ならもう、……もうクリスマスでしょう？　十一月の中頃から。年賀ハガキが十月でしょう？　来年の全部やっちゃえばいいじゃないですか？　来年も再来年も面倒臭いから（笑）。

「なにお雑煮食ってんだよ？」

「うん、再来年の、今ねぇ（笑）、雑煮食って。明日は、もう、四年後のクリスマスをやっちゃってね」

　みんな、やっちゃえばいい、全部な。


　失業率がどうのって……、失業率ってなんなんですかなぁ？　知らない。ラジオで聴いたら、失業率が二・七パーセントになった。失業率ってなんなんだろうねぇ？　よく分かんない、うん。おれの弟子なんか仕事のねぇ奴いっぱいいるけど、ああいうのも失業者になるのかねえ（笑）？

　落語が下手だから、売れないわけね。失業者かねえ。おれのガキは遊んでんだ。二十七になってなんにもしねぇで、ボォーっとしてるわけね（笑）。これ、失業者になるのかねえ？　働きたくないいんだよ。だって、本当に働きたきゃ、今、働くところ、いくらもあるんでしょう？　ねえ？　やれその、ラーメン屋の皿を洗おうの、床掃除しようのっていったら、気に入るところがないだけなんでしょう? 銀座でもなんでも、浮浪者がいるでしょう。あれは一つのダンディズムでしょう。あれはいつでもやめることが出来るわけでしょう、あんなもの。あれ、ダンディズムでやってるだけですよ、あんなもの。

だから、乞食なんて働かないで食ってんだから、貴族と同じですよ(笑)。労働なんて、そんな下品なことをしないんですからね(笑)。

このあいだね、珍しく乞食がいて、寝てやぁんだ、そこへ。

「疲れてますから、失礼します」

って書いてあんだ、札へね(爆笑・拍手)。ちょっと、フッフッフ、粋なものでね。で、犬が一緒に寝てんの(爆笑)。これから考えると、ああ、そうか、……なら、むしろそこに振込用紙かなんか置いておいてね(爆笑)、銀行のね。で、「振り込んでくれ」って書いといたら、振り込むかもしれないよ。分かんないすよ、そんなもの。

で、週刊誌を読んでんだ。レベルが高いですよ。ガード下にひっくり返っているルンペンが週刊誌を読めるっていう国は、世界にそうはないですよ(笑)、こんなレベルが高いのは。

だから、自分がやりたい仕事がないっていうだけでしょうね。でも、貧乏ってのは何が貧乏だって、本当にやる仕事が、労働やめちゃうと食えない……、生きるために労働したのをちょっとでもやめて、こんなことしたりね、爪切ったり、空を眺めたりしたら、もう食えなくなっちゃう状況を貧乏というならば、日本中貧乏だね、今ね。普通に生きる余裕がないでしょう。ディズニーランドも連れて行かなきゃならない。これは食べなきゃいけない。ここにも行かなきゃならない。全部、それをしなきゃ生きていることにならないから、それをやるためにすべてやってないと治まらないというならば、貧乏だね。本当にそう思う。

ちなみに言うと、おれ、すげぇ金持ちなんですよ、また始まったけどね（笑）。郵便局の貯金通帳を見せてやろうか、今度。……郵便局って言うところに、限界を感じるけどね（爆笑）。

ねぇ、どっかで嘘をついているんですよ。本当、おれ、一番嫌い……、正義。嫌だな、正義、正直、情熱。ロマン、……大っ嫌いだ、あんなもの。手前《てめぇ》、一人でやってろよ、あんなもの（笑）。

嫌だよなぁ？　正義なんて「正義」って言わないと、その行為が肯定出来ないくらいだらしのない行為だと思えばいいんです。本当にちゃんとしてたら、言う必要ねぇもん。うん、嫌だよ。例えばね、

「どうだい、台湾へ女を買いに行こうじゃねぇか？」

なんて言うとねえ、これ、断るの楽だよ。

「いいよ、俺、行かなくたって」

って、断れるでしょう?

「徹夜で麻雀やろうか?」

なんて、

「いいよぉ〜、俺ぁ」

って、断われるけど、

「貧しい人を救おう」

っていうと、断りにくいでしょう、あんた方（爆笑）？　やめてもらいてぇよな、そういうのな。手前だけでやってろよ、ふざけやがって。う〜ん、冗談じゃねぇよ、そんなの。生意気言っててんですよ。「何かやろう」とか、「何とかしよう」ってのは、全部無理だって言っててんですよ。無理ですよ、無理でなきゃ、言いっこねぇんですから。

『勘定板』へ続く

人間は全部無理してる

一九九五年七月十日　神奈川県民ホール
第九五回　県民ホール寄席　仲入り前『トーク』より

【まくらの前説】

一九九五年一月十七日、阪神・淡路大震災が発生。

一九九五年三月二十日、東京都で宗教団体オウム真理教による同時多発テロ、地下鉄サリン事件が発生。事件の二日後に警視庁はオウム真理教に対する強制捜査を実施した。

『えじゃないか』は、「立川談志が創る非常識マガジン」として、一九九二年に発行された雑誌。全四冊。

一九九五年六月二十一日、函館空港で全日空857便が、一人の中年男性により乗客乗務員三六五人を人質に占拠された。

（客席から『待ってました』の掛け声）

「待ってました」って言われるとね、嬉しい反面、重荷になるね（笑）。

……こんな声になっちゃったんですよねぇ。こんな声になった。何でなったかというと、別に水銀飲まされたわけでもなんでもないんだけどね。暴飲暴食ですよ（笑）。おまけに今度、煙草が、ありゃよくないですねぇ、増えちゃってねぇ。下手すると七、八本吸うようになっちゃってねぇ、わたしにとっちゃ多いですよ。子供の頃から煙草なんて吸ったことがないんですよ、ずぅーっと、物心ついて。で、四十過ぎて、サンフランシスコに行ったら、皆、マリファナ吸ってけつかるんだよねぇ（笑）。それで、「ワッハッハ、ワッハッハ」と笑ってやんの。おれは面白くもなんともない。ただこうやって、……吸えないんだもん。

「やってごらん」

って言うから、こうやって……。煙草を吸ったことがない人間が吸った日には堪らないですよ、もう。咽《む》せて苦しくってねぇ。これが悔しくてしょうがねぇ。なんとかして、マリファナを覚えないといけないと思ってね（笑）。それで、東京へ帰って来てから稽古したわけですよ、あのうマイルドセブンってやつでね。

四十まで煙草を吸ったことがない奴が、あんた、吸ってごらんなさい。グラァン、グラァンになっちゃうから（笑）。マリファナ要らねぇんだ、マイルドセブンでよかったんだ（爆笑）。マイルドセブンで捕まった奴はいないからね、あんまりね。あれで、クラクラ来て、「ああ、これはイイや」と思って……。で、マイルドセブン一本吸って、あと缶ビールを一杯飲んでね、あと自分でチンボコ弄《いじ》っているとね。これね（笑）、「酒」と「女」と「麻薬」なんだ（爆笑）。これは勧めるね。これは安いよ、金がからないですよ。

何が金がかかるかと言うと、チンボコほど金がかかるものはないですからね、逆に言うとね（笑）。逆に、オ××コは金が儲かるということなんだろうねぇ。あんなにバカバカ広げているとダメですよ、終いには。よくないですよ、あれ、隠しているからねぇ、エロティシズムが成り立つんですからねぇ。それをあんなになって、……今に悔やむんじゃないですか、三十年ぐらい経つと。

「（女性の口調）昔はよかったよねぇ～、アレ出せばさぁ、男が来たんだもんねぇ～」

なんて言うようになるんじゃないですか（笑）。

「（女性の口調）今、何出しても来ないもんねぇ（爆笑）。大事にしとけばよかったよねぇ～。なんでもないもん。なんていうのかしらこれぇ、『無駄口』って言うのかしらぁ」（爆

笑）

なんていうことになるんじゃないかと思うんだけどね。

言っとくけど、年寄りには刺激が強いから、気をつけたほうがいいすよ（爆笑）。年寄りっていうのかな、常識の中にどっぷり浸っている人たちにとってはねぇ、わたしの会話はねえ、やっぱり不快に感じますよ（笑）。だからねぇ、よしたほうがいいですよ。

だから、本に書いたんだけどね。「初雪や　根岸の里のわび住まい」ってあるじゃないですか。「夕立や　根岸の里のわび住まい」って、俳句が出来ちゃうってのね。あれ、「下男と下女によく似合い」でもいいしね。何でもいいんですよ。豪華なものは全部、「田舎っぺえ」でもいいんですよ。「田舎っぺえによく似合い」ってつけりゃあいいんですよ。

「空港は　田舎っぺえによく似合い」

「テレビ局　田舎っぺえによく似合い」

「スーパーは　田舎っぺえによく似合い」

豪華なものには全部、「田舎っぺえによく似合い」。そうでないのは、「ひとり寂しき文化人」ってつけりゃあいいんだよ（笑）。

「バス停で　ひとり寂しき文化人」（爆笑・拍手）

なんでもいいんですよ。

「マーケット　ひとり寂しき文化人」

なんでもいい。そういうような状況でねぇ。

で、近頃の話題、まぁ、そうですね、まぁ、オウム（真理教）が……。実はオウムは、あたくしと直接は会ってないんですがね、自分で雑誌を出した『えじゃないか』って、そのときに間接的にいろいろあったんですよ。それで、意見が合ったんです、彼（麻原彰晃）とおれは。どこで合ったかと言うと、「人間が多過ぎるから殺そう」ってこの意見は合ったんです（爆笑）。

それでね、いろんなことを教えたんですよ、間接的ですが、麻原に（笑）。ごくだらないところから始まっちゃってね、あそこは高地ですからね、上九一色村っていくらか高いからねぇ、冬になると道が寒くて凍るからね、タイヤがヤバいからそこのところにね、チェーンを巻けって……、おれは「車輪に巻け」って教えたのに、麻原、「サリンを撒け」って間違えちゃった（爆笑・拍手）。ね？　撒いちゃったからさぁ、

「どうしても撒きたきゃ、オウムに撒け」

って言ったのよ。……（駅の）ホームに撒いちゃった（爆笑）。オウムとホームと大きな違いだ。まだ、残党が残っている、ヤバいですよ。七月、もう今月ですよ、一番ヤバいんですよ。「毒ガス（六月）、七月」って言ってねぇ、あんたねぇ（爆笑・拍手）。このぐ

らいくだらなくなると、いいね。おれ好きなんだよ、「毒ガス、七月」っていうの大好きなんだよ。

あとはハイジャック、もう忘れちゃう、早いねぇ。ドンドン忘れちゃうのねぇ。石原裕次郎ももう忘れちゃうし、皆、忘れちゃうのねぇ。ああ、もう、みんな忘れちゃうんですなぁ。今だけなのかねぇ。なんなのかねぇ。前は思い出があった……、もっとあったような気がしますよ、共通の思い出が。今ないもんね、ドンドンドンドンなくなっちゃう。ハイジャックなんかもう忘れちゃったもんね。あんなやつ、分かりそうな……、見て「ああ、これ一人だ」ってすぐ分かったでしょう？　ねえ、分かんなかった？　分かるよね、あれねぇ。少なくもあれは（共犯者が）五十人でやってると思わなかったでしょう（笑）。複数ってことはないわ、あれ、見てて。

あれ、命令される度に、皆、拘束《こうい》うことをやってて……。あれ、自分たちで……、仲間どうしで拘束《やった》りしたんでしょう？（ガムテープを）ブーブー紙みたいに、遊んでいたのかね（笑）。ブーブー紙っていうのも、古いけどね。ベッベッベッベー。そんなんねぇ。女はともかく男で、「あの野郎、やっちゃおう」っていうの、そういう了見が起きる奴がいなかったのかねえ？

「ふざけんなこの野郎！　やっちゃおうじゃないか、あの野郎」

っと。

「後先のことなんかあるもんか。あの野郎、やっちゃおうじゃねえか」

ってぃうの、ないのかねえ。なにも持ってない。だって、持ってりゃぁ乗せっこないんだから飛行機なんぞ。小さなハサミだって、ピンポーンていうんですから、探知機《あれ》。持ってないんですよ、犯人《あれ》。

「サリンを持っている」

って、持ってるわけがねぇじゃないか、どう考えても。サリンなんぞ、あんなもの。それで、助かったときに恥ずかしそうな顔してないのね（笑）。

「助かったぁ〜」

って顔して（笑）、普通ならこうなっちゃうでしょう？

「何にも出来なかったのかよ」

「ええ……」

「『ええ』じゃねぇ、バカ野郎！　お前」

なんて、そういうのないんだもんね。でも、今の基準であるのかねぇ？　そういうのが……。

「（アナウンサー口調で）今日のゲストは、ハイジャックされた方なんですけど、この人

はなんだか、分かりますか？　犯人と目が合ったとき、逸《そ》らさなかった人です！」(爆笑)

なんていう、そういうの出てくるのかねぇ。

「一瞬でしたか？」

「一瞬でも、僕は向こうの目を見返しました」(笑)

「立派だったですねぇ、やっぱ男らしさっていうのは、そこにあるんでしょうねぇ」

とか、

「二人目の方は、この人はもっと素晴らしいんです。この人は、犯人のズボンにそっと自分の鼻糞をつけた人です（爆笑・拍手）！　……どんな気持ちでした？」

「もう、恐怖ですよ。どうしたらいいか？　しかし、男としてやるべきことはしなきゃいけないと思いますから（爆笑)、『何をしよう？』と考えたんですよ。それで、僕はやっぱり、向こうに一矢報いるということで、鼻糞を……」

「その丸めているときの気分は如何だったんですか？」(爆笑)

「『もし気づかれたらどうしよう』と恐怖が先に来るけど、やはり男ですからねぇ。すべきことだと思うから、こうやって、一遍じゃなかなか取れませんから（笑)。取ってから分かんないように丸めるときの恐怖……、これは冷や汗が出ましたですよね」

「そうでしょうねぇ、それで一遍につけたんですか？」

「いや、一遍にやってしくじったら、もう、どうしようもないと思いましたから、一回、犯人が通路の後ろに行って、二回目来て、その行った隙にプッとつけたんですよ（爆笑）。『やったぁー！』って思いましたねぇ。『やったぁ、やったぁ』と思いましたよ。これで、あたしは十分だと思いましたねぇ」

「今、ちょっとカメラを止めてください。アップにしてください。今、あそこに染みが見えますすか、皆さん。これが彼が犯人につけた鼻糞です」（笑）

なんていう。そういうのが持て囃《はや》されるのかねぇ、今ねぇ。ふざけてやんねぇ、まったく。

おれは、一番好きなのはね。好きっていうより、

「お前一番大きな動物なんだか知ってる？」

「象でしょう」

「象より大きいのがいるね？」

「大きな象ですね」

っていうのがあるんだけどね（笑）。象より大きいのはないよね。クジラってのは魚ですから、どう考えても。学術的にあれを哺乳類だから、牛とか羊とかと一緒にしたところ

に、どうも、無理があるような気がするんですよね。こりゃぁ、もう、無理だなぁ。ああ、とりあえず学術的に分けているんだけれども、どっかで、すべて無理でしょう？　みんな無理じゃないですか？　セックスも、家族も、国家も、イズムも、宗教も、みんな無理して作ってんじゃないですか？　しょうがないから。作らないと具合悪いから。夫婦なんぞなくたって別に、子供を産むなら夫婦なんぞなくたっていいんですけどね。夫婦にしないといろいろ都合が悪いところがあるんじゃないですかなぁ、それだけのものじゃないですか？

　ウチなんか仲のいい夫婦なんですけどねぇ、どう仲がいいかっていうと、エゴイズムのバランスが取れているってそれだけのものなんですよ（笑）。それが一番いいですよ、エゴイズムのバランスが取れてりゃぁ文句ないすよ。

「ウチの亭主って、殴るのよ」

　殴る亭主がいれば、殴られるのが好きな女房がいれば、それでいいわけですからね（笑）。

「もっと打《ぶ》ってぇ！」

　なんてのがいりゃぁ（笑）。「マゾヒズムに対する最大の贈り物は、サディズムである」って、そういうことですからねぇ。ウチなんか仲がいいけど喧嘩すんのね。まぁ、面白がって遊んで暮らしてんだけどねぇ。掃除はしねぇ、本は読まねぇ、なんにもしないで、ただ、こうやっているだけだねぇ。なんだろうねぇ（笑）。しないから、汚れちゃうから、おれが冷蔵庫なんか洗う……、考えられる？　あんた（爆笑）。その、傲慢だと受け取られているおれが、こう、あんた、冷蔵庫を洗っている。見てるよ、寝ながら。「あそこもやれ。ここもやれ」なんて（爆笑・拍手）。

「あんた、よくないなぁ。それは。それはねぇ、亭主を顎で使うっていって、よくないよ」

「違うよ。アドバイスだ」

って言うんだよね（爆笑）。そうか、アドバイスか、掃除をするのが前提なら、これはサボタージュだけど、しないのが前提なら、「あそこもやれ」って言うのはアドバイスだよねぇ。「ああ、そうだなぁ」って思ってね。

つまり怒りっていうのは、共同価値観の崩壊ですからねぇ。それが怒りですからねぇ。共同価値観があると思うから怒るんだから、

「それはねぇだろう」

とか、

「帰るのかよぉ、お前」

とか。もっと分かり易く言えば、あたしがホテルかなんかへ行って、

「お名前、仰ってください」

なんて言われると、カチーンってなって、

「手前《てめぇ》、おれを知らないのか？　この野郎」

なんて言う。知らねぇんですよ、向こうは。ハッキリ言えばね（笑）。だって、共同価値観があると思っているから、

「この野郎、手前」

「お名前は、なんと仰います？」

「立川談志だよ」

「へっ？　タテ、何ですか？」

カァァァー（爆笑）。東南アジアなら怒んないでしょう、こんなことを言われたってねぇ。

「アナタァノオナマエハァ？」

なんて言われて、

「立川談志です」

「タテ？　タテダンダン？」

なんて言われてね（笑）。だから価値観……、向こうと共通の価値観を持っていると思うと腹が立つけどね。価値観が違うと思うとね、あんまり腹が立たないですなぁ。だか

ら、よくおれが客に怒るっていうのは、価値観がイコールだと思っているからなんですよ。まさか、こんなところで、こんなことはしないだろうって、価値観がイコールだと思っているから……。ところが、価値観なんて往々にして、自分が思っているほど、向こうが思ってねぇっていうのが現実なんですよね。ワンワン、ウケて、「今日はウケたなぁ」って思っていると、

「よかったですねぇ、談志さん。よく覚えましたねぇ」

なんて言われる（爆笑）。「ははぁー、記憶力で判断しやがる」とかねぇ。

図々しい奴ってのは、相手の寛容さに対する誤認ですからねぇ。図々しい奴、向こうの寛容さに対する誤認でしょう？

品のいい奴っていうのは、……おれが勝手に決めた一つの定義よ、品のいい奴ってのはね、欲望に対する動作がスローモーな奴な、あれな（笑）。なんか品がいいね、そういう奴はね。ああ、こういうのあるよ。

冒険家なんて嘘なんだよ、三浦雄一郎なんてあれ。危険に対する恐怖心が鈍いだけだ、あんなものは（爆笑）。

「寝られないから、パパ、落語やってくれ」

なんて言われて、おれ、女房の前で落語演ってる（爆笑）。寝ちゃうよ（笑）。あー、そ

んなもんでね。

　無理して拵えている。それでも喧嘩するっていうのがねぇ。システムってみんな無理して作っているわけですから、どっかが無理だというのを確認のために夫婦喧嘩するんじゃないですか？　あれ。略奪だろうが、それこそくじ引きだろうが、なんでもいいんですよ。とりあえず子孫を残すための方法だったら。けど、夫婦が一番いいだろうと。ついでに言うと、恋愛が一番いいだろう。その恋愛に対する応援歌が、まぁ、あたしは歌謡曲だと思っていたんですけどね。今、それが、恋愛っていうのが、流行らなくなっちゃって、ナンパとかなんとか。あとは残るのは恨み節しかなくなってね。少なくも、『有楽町で逢いましょう』とか、『青い背広で』の佐藤惣之助みたいな詞が来ないですよね。惣之助ばかりじゃなくても、(西條）八十《やそ》も、そうだろうし、そういう詞がないですよね。

　全部無理してんですから、無理でないのは、そうですねぇ、無理でないのは、毎度言う、呼吸とか、鼓動とか、瞬きとか、屁とか（笑）、そんなもんだけじゃないですか？　稽古だから放っておいても瞬きはするんですけど、瞬きが出来なくなったら困るわけです。稽古しなきゃならないですから。石原慎太郎のところへ行って稽古してきたらいいと思うんですがねぇ（爆笑）。

　全部無理なんだよね。だから、きっとなんか分からんけれど、とにかく生きてるのって居心地が悪いんじゃないですか？　とにかく悪いんでしょうなぁ。だから、仕事してると休みたくなる。休みは仕事したくなるっていうのはねえ。あれ、元々母の胎内で、母に委ねていたのが、お母さんから「自分でやれ」って言われて、しょうがないから自分でやる……、これを常識っていいますよね。みんな常識ですから……。「はい、いい顔」なんて言うから、いい顔するようになって（笑）、あれ、周りで、「睨んで、睨んで」って教えると（笑）、強面子《こんな》が出来ちゃうでしょう、きっとね。ええ、そんなもんでね。

あれ、ちょっと待ってよ。今、何か霊感がして……、何か、（座ったまま）飛び上がれるような気がしてきた（爆笑・拍手）。なんとか、今、浮いてやろうかと思ってねぇ。あんなもの、五十年経って、

「バカな野郎だな、あいつら。引力を切ることを知らなかっただけだよ」

って、それだけかもしれないですよ。

「引力切れば上がったじゃねぇか」

なんかね。だからみんな無理してねぇ……、だから学習をしないと生きられないから、嫌々学習をするんでしょうなぁ。それで、やっぱりやってて、どっかで何もしたくない、母に頼ってたから。そうもいかないから、不愉快じゃないんですか、人間って生きているのが。だけど、勝利の酒ってあんないいものが……、なんで酒飲むのかねぇ？　勝ったん

だよ。なんか話がこんがらかって、分かんなくなってきている（笑）。自分の説明も不十分だっていうのも、分かってますよ（爆笑・拍手）。どうもねぇ、あんなに酔わなくなっていいって、どっかで嘘っていうのが、勝利っていうのは、勝ったんだからいいじゃねぇか。こんなことやらないと収まらないのね。実に困ったもんですよね。

で、そういうわけでね、こんな声でね（爆笑）、まぁ、演りますけどねぇ（笑）。……ねぇ？　可哀想でしょう？

「もういいから、お帰り」

なんて言わない（爆笑・拍手）。残酷なもんだね、客は。

今日はちょっと噺をちょっと、……噺をちょっとというのも変だけど……（笑）、嫌な芸人だね、時計を見ながら（爆笑・拍手）。

この間も、フッと見たら、車の中で男女が抱き合っているんだ。そこまではイイんだ。女が、こう抱き合いながら、こうやって時間見てるんだ（爆笑）。男は男でこうやって時間見てるんだ（笑）。じゃぁ、二人で帰ればいいじゃないか（爆笑）。大きなお世話なんだけどね。

あ〜、女が強くなって、よくないですなぁ。男と女ってのは、男が弱いんですから、だから女が助けてたんですから、それをバカな男は助けてやったら怒りますから、弱いふりをして、「あなた、立派なのよ」って、こうやってくれることで男は保《も》っているんですから。男が弱いから女はもっと弱いふりをしてやってね、男を立ててやってんのにね、バカな男は弱いもんだと言うから、そうだと思ってつけ込んでくる。これが一番バカな男なんだよね。女に敵わないいんですよ、そんなもの。敵いっこないんですよ。寿命だって女のほうが長いんだしねえ。無人島に置いていけば、男が先に死んじゃうんでしょう、そんなもの（笑）。年寄りだってそうでしょう、爺さん婆さんってのは、爺さんってのは婆さんに死なれるとガックリ来ちゃうけど、婆《ばばあ》、爺《じじい》が死ぬとますます元気になっちゃう（爆笑・拍手）。

「東南アジアに行ってきましたぁ。あたしゃぁ」

カァー！　頭脳は同じでしょうが、男も女も、ねえ。瞬発力は今のところ、男が強いけど、持久力だと敵わない。マラソンはやがて負けちゃうんじゃないかっていうくらいでしょう。運転が下手だからって、嘘だよ、女にさせなかっただけでしょう。すりゃぁ、あんた、そんなもの出来ますよ。ジェット機の運転ぐらい女が出来ないわけないですよ。「女は事故を起こす」って、よく言うよ。大きな事故を起こすのは、殆ど男だよ、言っておくけど（笑）。女はたいして事故を起こさないですよ。結局最後はハンドルを放して、バァーンってなるぐらいで（笑）、手前だけの事故でたいしたことないですよ。男みたいにバァーンってあんなことやらないですよねぇ。

稽古させればねぇ、学習時間がなかっただけで、やりゃあ、パイロットも出来るしねぇ、宇宙だって、あのナントカさんって変なブスな女が行ってきたけど（爆笑・拍手）、……あれ、宇宙へ行ったって話だけして、ブスだか、ブスでないかの話は、誰もしないねぇ（爆笑・拍手）。おれ、そっちのほうが大事だと思うがなぁ（爆笑）。

向こうのことわざにあるよ、

「バカな美人は、美人だがね。利口で不美人は、不美人だ」

って、ことわざがあるんですよ。バカで美人は、バカじゃないの、美人なの。利口で不美人は、利口じゃなくて不美人なの（笑）。だから、小朝が巧いこと言ってたよ。「ダイエットなんかしたってダメだ」って言ってたけどね。

「太ったブスか、痩せたブスの違いだ」

って、言ってたけど、なるほどそうですね（爆笑）。

頭は同じでしょう。よく遊びに行くと、「この家は、女房のほうが頭がいい」って家あるもんね、結構ね。一番分かり易いのは××陛下の家ね、あそこね（笑）。あれ、女房のほうが頭よさそうでしょう、そう思わない（笑）？　いや、会話が繋がってないわけじゃないでしょう（笑）？　果たして笑っていいかどうか？　そういうところで躊躇してる……（爆笑・拍手）。そういうことだよなぁ。まぁ、いいさぁ。ダメ押しはしないほうがいいからね。

若い男女が喧嘩しててね、まぁ、夫婦でもいいですよ、シチュエーション、

「よしな、どうしたのよ」

「この男《ひと》が悪いのよ」

「亭主が悪いの？」

「悪いわよ、殴り返してきたのよ、この男《ひと》」

っていうのがあるんだけどね（爆笑）。凄いわねぇ〜。こんなになっちゃって……。よろしくないですよ、だから、女は秘め事で、秘めてるところに男はやっぱりエロティシズムを感じて……。男がエロティシズムを感じないと性行為が成り立たない。性行為が成り立たないと、子孫が、あの、切れちゃうわけでしょう。あのスタイルなんて、女にとって決していいスタイルじゃないし、また方法じゃないと思うけれども、つまり射精したものを受胎させなきゃいけない、体内で、っていうとあのシステム、スタイルでしょうがないんですよ。やがて、そうでなくなる時が来るかもしれませんですよ。

精子と卵子を厚生省へ持って行けば、向こうでやってくれる（笑）。あとは、セックス

は快感だけだとすると、男にとっての女性器は快感の対象にあってもねぇ、それだと、蒟蒻のほうがいいって言う奴もいるかもしれないしね（笑）。女性器にとっては、よくないっていうのが、一応医学的判断でしょう。クリトリスには性感があっても、膣にはないと言われているんですから。すると、快感だけ求めるなら違う方法をとるかもしれませんですよ。分からんですよ。それで、出産なんていうのが、早期、早産というのか、早く出すのと、それから、こっちのほうで受胎させておいて中へ入れてって、これをポーンと取っ払えちゃえば、やがて来るんじゃないですか？

小松左京の本に、『売主婦禁止法』って、古い本があるんですよ。と、これは、全部男女間のギャップがなくなってね。この場合、女のギャップがなくなって、厚生省で全部やってくれるようになると……。ねっ？　あの、精子と卵子を、それでやってくれると。

それで、我が子が可愛いっていうのは、可愛いというシステムを作らないと育てないからなんですよ。全部可愛いはずないですよ。もし全部が我が子が可愛いと思うんだったら、気に入らないからってロッカーに入れちゃう親はいないはずですよ、あれ（笑）。親、入れちゃうでしょう、気に入らねえからって。まさか、あれ、ライオンの親じゃないけれども、ロッカーから鍵開けて出てくる奴だけ丈夫だから（笑）、そうしたら育てようっていうんじゃないでしょう、あれ（爆笑）。

お互いがそういうことになってくるとね、そうすると、セックスも自由になると。大勢集まってくる、フリーセックスで、……この場合ちょっと一点抜けているのは、男がしたくなるのは、エレクトしなくてはいけないセックスを前提とするならば、その配慮がちょっと小松さんにはないんだけどね。まぁ、仮にそれは、なんか薬を飲むことによって、そうなったとするか？「南無阿弥陀仏、ポンポン」っていうと勃起するようになったとするか（爆笑）。まぁ、それはちょっと、昔の、三十年ぐらい前の本ですからね。

仲入りへ

サゲの工夫

一九九五年七月十日　神奈川県民ホール
第九五回　県民ホール寄席　仲入り後『源平盛衰記』のまくらより

いろんなサゲを、平気で演ってられる奴は楽でいいですよ。

どっかおかしいと思うと、みんな、サゲを拵えちゃうの。『大工調べ』なんぞ、皆、

「訴えて出るという『大工調べ』でございます」

なんて言うけど、「ああ、おかしいなぁ」と思うと、すぐに変えちゃってね。「この野郎め……」って、さんざっぱら啖呵を切ると……、そこで、棟梁が啖呵を切って、与太郎も啖呵を切るんだけどもねぇ、おれの場合は、大家も啖呵を切るんだ。

「何言いやがんだ、この野郎。俺だって今日《こんにち》になるまで、どれほど苦労したか分からねぇんだ。俺の苦労も分からねぇで……」

「この野郎！　嘘は八百並べやがんな、この野郎」

「嘘でもいいから、八百並べろ」（笑）

って、これでお終いになるんだよ（笑）。

そういうので作ったのはね、随分ありますよ。中にはもの凄いわけの分かんないのもある。全く分かんないようなサゲもあるけどね。え〜、そんなものでね。どっかで、イラついて、「ああでない。こうでない。こうでない」って風に作っていくんですけどね。

大概作り損なうのがオチでね。モノを作れる落語家なんてあんまりいませんですよ、言っとくけど。おれのところには、たまたま志らくだとか志の輔だとか、そういうのがいるけどね。楽だよ、教わったまま演ってんだもん。小さん師匠なんぞ、

「毎度お馴染みの噺で。お馴染みの噺が何度も聴けるというのは、皆さんがそれほどご健康でなればこそで……」（笑）

よく言うよね、こんなのねぇ。違う噺、聴いたって、長生きは長生きじゃねぇか、別に（爆笑）。

前に言ったようにねぇ、合わないんですよ、うん、合わない（笑）。最終的には、価値観の共有がないから（笑）、小さん師匠とは。だから、まぁ、せいぜい日本的なルールとして、何か言っても、こう、頭を下げている分にはいいけどね。おれみたいにプライドの

高い弟子を持ったら、向こうも気をつけなきゃいかんですよ、こんなもの（笑）。「飼い犬に手を噛まれた」って言うけどね、「飼い犬の大きさにも気をつけろ」って言ったんですよ（笑）。

「つまり、落語というのは、悪人が出てこないからいいんだよ」とかね。……よく言うよ。悪人が出てくるから面白いんだ。悪人がいなかったら、人間保《も》たないじゃないですか、こんなもの。犯罪者がいなかったら、自分で犯罪しますよ、おれ、きっと（笑）。そう思うよ、うん、うん。女に抱きついて、股座《またぐら》に手を突っ込んでやろうかと思って、やりたくてしょうがなくてと思っても、やったらエライ目に遭うと思うから、抑えている。誰かがやると、叩かれて、

「ほーら、やんなくてよかった。やるとこういうことになる」（笑）

誰もいないと、どうしますか？　このやりたいという気持ちを抑えてりゃいいですよ。抑えられっこないですから、何かの弾みで酒を飲んだり、……やりますよ、こういうこと。やって、それで、ひっ叩《ぱた》かれて、

「ごめんなさい、二度としませんから」

「何すんのよ！」

って、当分収まるだけですからねえ。犯罪者がいなければ、自分でやるだけのもんで

ね。ああ、基本から違うからね。分かり易く言えば、向こうがいい奴で、おれが悪い奴だって分け方も出来るけどね（笑）。ここまで下がることもないと思うんで。

段々物事が分かんなくなって、鎖国してた頃がそれなりに、古い歴史上の人物を知っていましたよね。天照大神だとか、ニニギノ命《みこと》だとか（笑）、そんなのなかった……、あれも嘘だろうな、あんなもの。あんなもの、本当にあるわけねえよなぁ。こんなことして、ポタッポタっと落っこって大八洲《おおやしま》が出来たとかな。国引きなんてあったのね、

「国来い　国来い　エンヤラヤ　神様綱引き　お国引き」

って、国引《くにぃ》っ張ってきやがんの（笑）。今、そういうのいねえのかね？　本当に文明の進歩ってなんにもしねえなぁ。昔はねぇ、いろんなの発見しましたよ。やれその、ギルバート諸島だとか、ハワイ諸島だとかね、ガマだか、コロンブスとか、いろんな奴。今、これだけ探検家がいて、何の大陸も発見してこないね、こいつらねぇ（笑）。何やってんのかな、あのバカ野郎どもは。何か探してこいよなぁ。そう思うけどね。

そうかと思うと小さな島を買って、定年後暮らしているなんてバカな奴がいるけど、よしたほうがいいよ、あんなことだけはやるんじゃないよ（笑）。あんなもの、無理に決まってんだ。嘘なんだから、あんなもの。本当によければね、あんなこと言いっこないんだからね。横浜にいたのが身の因果だと思って、ここにいればいいよ、それだけのもんだ

よ、そんなもの（笑）。

だから昔の人の教えが分かんなくなっちゃったね。例えば……、森の石松ぐらいは分かっているか？　法印《ほういん》大五郎になると、分かんなくってくるわな。洲崎《すのさき》の政吉、ヤクザばっかり並べることはないけども（笑）。大久保彦左衛門のところの、あれは、笹尾喜内《ささおきない》っていう御用人がいて、一心太助の女房がお仲とかいう、そういうのが分かんなくなってきた。塙団右衛門《ばんだんえもん》も、霧隠才蔵《きりがくれさいぞう》も、百地三太夫《ももちさんだゆう》もね。分かんなくなっちゃう。分かんなくなったら、分かんなくなったまんま、教えない。この間も、

「ぺんぺん草っていうのが分かんねえ」

って言うからね、

「大きくなると三味線になる木だ」

って、教えといてやった（爆笑）。

「（若い女性の声色）三味線になるんですかぁ？」

「なるんだよ、こういう風に」

「ナポレオンって、どんな人ですか？」

って言うから、

「ジョニ黒の友達だ」

って教えたんだ（爆笑・拍手）。分かるもんかそんなもの。いい加減でいいんだよね。そういう歴史を拵えないと、具合が悪いから拵えたんだろうね、きっと。ねえ、あの、「神様なんざ、そんなものいるわけねぇ。こんなことやったとかなんとかっていうんでしょう？」

酷いね、自分で喋ってて、ねえ、「こんなことやった」って言ったって、ねえ？　堪んないよ、そっちはなぁ（笑）。なんだか、分かんない、「こんなことやった」って言ったって……。でも、何か分かるじゃない、ほら、これは、あの、ほら、火を、この草薙の剣でこうやったって、一所懸命言おうとしてんのね（笑）。足らない分は客席《そっち》で補うようにしなきゃ、ダメ（爆笑）。

なんで歴史というのが出来たのかねぇ。昔はよかったとするために出来たのかね？　これからよくするために作ったのかね？　分かんない？　あんまり相談しながら演るもんじゃないけれど、落語って（爆笑）。

歴史の勉強も大変だよ、これから段々段々……。だってぇ、昔は楽だっただろうねぇ、歴史の勉強が（笑）。ギャートルズの漫画の頃なんぞは、あんなもの、二、三ページでいいんだもんねぇ？

「昨日、恐竜が襲った」

それでお終いだよ（爆笑）。そりゃぁ、堪らねえよ、やたら長くなっちゃってね。

『源平盛衰記』へ続く

覚悟としては、生涯最後の高座

一九九七年九月十日　神奈川県民ホール
第一一四回　県民ホール寄席　仲入り前『洒落小町』のまくらより

面白《おもしれ》ぇもの、何にもねぇよ、そんなもの（笑）。そりゃぁ、もう、齢六十一でしょう。それで芸能生活十六の時から演ってんだからね、それで面白いものがあるわけがねぇですよ、おれにとって。あらぁ、おかしいですよ。

時々長さん（いかりや長介）のコントを見ててねぇ、「ああ、長べえのところは、よく演ってんなぁ」と思う。たけし（北野武）の映画《あんな》もの、おそらく観ねぇけど、面白くもなんともねぇですよ、あんなもの（笑）。

おれは、カンヌもヴェネツィアも、（映画祭を）信用しないんだ（笑）。まぁ、たけし自身としては嬉しいだろうけど……、信用しない理由はねぇ、おれのところにね、ほら、昔は日活系統とか、映画の試写会の案内が、そうやって決まって来ていたんだけど、今はもう小さな映画館の全部の試写会が来るわけね。その宣伝文句が、みんなヴェネツィアでねえ、その「色彩賞を獲った」とか、「カンヌで、ノミネートされた」とか、そんなんばっかり。ロクなものはない、言っとくけど。もっとロクなものがなかった例にね、その昔ねぇ、田中絹代のねえ、『西鶴一代女』かなんか溝口（健二）が撮った映画が獲ったのよ、グランプリかなんかを……、カンヌかな？　そのときに負けた相手が何だと思う？『ローマの休日』よ、あなた。ええ、ワイラーの。どっちがいいって、観てるのおれは。あの素晴らしきオードリーの、あの可愛いローマの追っかけっこを（笑）、あれと「お化け～」って田中絹代と比べて（爆笑）、ああ、映画が分かってないとしか言いようがないと……。

まぁ、映画談義するとキリがないけれども、うん、殆ど買わない。むしろ、東南アジアを勧めるね。中国を含めた韓国、アン・ソンギなんていい役者ですよ。それから、まぁ、インド……、インドはちょっと、いろいろ、まあ、あそこは全部入れないと収まらないから、貧乏だから（笑）。全部、その四時間なら、四時間……、まぁ、四時間近いんですよ。そこに、恋を入れ、宗教を入れ、家族を入れ、戦争を入れた、全部入れた……、つまり、テレビを一日観てるのと同じような部分を映画に要求している（笑）。え～、そんなとこです。

で、体調はいいけれど、あんまり、体のほうはよくない。あとでゆっくり話すけどね（笑）。一口に言えば、「癌だ」ってさ。まぁ、そうかなって。

「ああ、そうか、手塚治虫先生も同じような歳で亡くなっているし、勝っさん（勝新太郎）はともかく、（石原）裕次郎も……、ああ、そうか、死ぬのも悪くねぇなぁ」

って思ってんだけど、「痛《いて》ぇのは、嫌だ」って言ったらねぇ（笑）。

「大丈夫だよ。モルヒネ漬けにしてくれる」

って言うからね。

「あっ、それは楽しみだ」

って思ってね、おれはね（笑）。まあ、そんな塩梅でね。まぁ、「死なねぇだろう」と思っているけどね。まぁ、

「死んでもしゃぁねぇ。それほど、未練がないのは偉《えれ》えな」

と自分で思いましたよ。……食道癌だ。まぁいいやぁ。あとで、ゆっくり話しますけどね（笑）。聴かされるほうは堪らない、そんな話（笑）。何が言いたいのかって、

「最後の高座になるかもしれないよ」

って言ってんだよ、おれは（爆笑）。

まぁ、どっちみち生まれて死ぬんだからね。ああ、それだけは確かなんですよ。ただ、

おれは何で死のうか、もう考えますよ、この歳になると、もうタイムリミット、後、五年でしょう？　舞台が出来るのは。長くて十年。何も考えないで、柳家小さん（五代目）みたいにただボソボソ喋ってれば、……（爆笑）。そりゃぁ、出来るわな。小三治だ。志ん朝だ。おれはそうじゃねぇもん、常にいい悪いは知らねぇよ。おれは、こうやって考えているんだもん。

で、おれは、なぜ自分が正しいかっていうのはねえ。演っちゃぁ、常にこれ間違ってんじゃねぇかって……、常に思ってんですよ。常に間違っていると思っている人間が、正しいと思わない？　あんた（笑）。うーん、おれ、そう思っているけどねぇ。それは岸田秀も言ってくれましたよ。

「あんた正しいよ。『間違っている』って言ってんだもん」

って言ってましたけどねぇ。まぁ、いいや、これらを含めて、如何にバカさ加減かって言うことね（笑）。言い訳することないけどさ。

で、ビリー・ワイルダーはねぇ、なんで、まだ生きてるのかなぁ？

「何で死にたい」

って言ったらねぇ。九十になってねぇ、

「女といるところを、その女の愛人に撃たれたい」

って言うんだねぇ、これ、いいねぇ（笑）。九十になって、女と一緒になって、その女の愛人に撃たれたいって、こりゃぁ、いい。まぁ、ワイルダーらしいけどねぇ。

そのワイルダーだって、一時期アメリカでやられて（何度も殴りつける所作）、皆、今、抑圧されて、何言っちゃダメだってんで、これで煩《うるさ》くてねぇ、終いにどういうの考えたかって、あの、伝記を読んだ人は分かるだろうけど、癪だからねぇ、暗号をね、スパイの映画で、暗号をねぇ、ペニスにねぇ、刺青《いれ》ちゃうんだってさぁ。ところがこのペニスがねぇ、そのエレクトしないと分からないんだってさぁ（笑）。ねっ？　ところがこいつがオカマなんだってさぁ、カァァァァ（爆笑）！　こういうシチュエーションを考えたんだけど、実現しなかった、あんまり実現しないね、こういう映画はねぇ（笑）。

段々古典落語との距離が離れてきちゃった（爆笑）。ほっほっほ、困ったねぇ、これねぇ。まぁ、いいやぁ。

え～、全く話がまとまっていないってのは、自覚しているから大丈夫ですよ（笑）。それで、まぁ、そんな。ところか……、あと言い残すことは（笑）、……言い残すってのは、別に命とは関係ないよ。

あー、だからねぇ、モノが余っていると、たくさん物があるから、わたしもなんか捨てられない。嫌だ。だからねえ、捨てられないし、腐らせるのは「勿体ない」し、って言うからねぇ、古いものから食ってるから、新しいものは食ったことがない（爆笑）。

で、これから、男と女の間の、男女間の間というものが、段々、一口に言うと、女性がリーダーシップを持つようなことになってくるんでしょうね。もう、男らしさなんていう、そういうものはもう、保《も》たなくなってくるんでしょうね。ええ、「男らしさ」なんて勝手に作ったものが崩壊したんでしょうなあ。そんなもんだと思います。

可愛い女を、昔の落語の中に再現してみます。

「おう、松っちゃんじゃないかい？　素通りはねぇだろうなぁ？　オイオイオイオイ、寄っていきなよぉ。おい、松っちゃん？」

『洒落小町』へ続く

男と女のエロティシズム

一九九七年九月十日　神奈川県民ホール
第一一四回　県民ホール寄席　仲入り後『明烏』のまくらより

え〜、男女の噺をします。『明烏』って言うんですがねぇ。これはまぁ、御承知の通り、形としては志ん朝のを一回聴いたことがあるけど、昔のまんま演っていればいいでしょうね。小さん（五代目）師匠なんぞ演ったら、惨めなもんだろうな、この噺は（笑）。桂文楽（八代目）の十八番でね、「女嫌い」っていうのがテーマで、……嘘なんだ。「女嫌い」じゃあないんです。女嫌いというより、怖いですよ。男にとっては、女は。

あたしゃぁ、芸人の世界に入ってから、やっぱり女は、女郎買いとか芸者とかっていう風に言われていたけどね。そういうのって上手くいかないんだ。それダメなんだよ。四十過ぎてから、……若いからいろいろあったけれどもね。

「ああ、そうか、おれはやっぱりダメなんだ」

ってのが分かりましたねぇ。「女ってのはいいもんだ」って、学習ですからねぇ。すべて学習ですから。学習でないものは、毎度言う呼吸だとか、鼓動だとかね、そういうそのものが学習ではないけど、あとは全部学習ですから。みんな、教えるの。家族も、セックスも、料理も、まぁ、当たり前だけど……、まぁまぁまぁまぁ、宗教も、国家も、全部、イズムも、全部教えるわけですからね。

ええ、だから、その、教えても染まらないっていうのかねぇ。学習が不熱心っていうのかね。だから、ダメなんですよ。

「♪　えんやこらぁえぃ」なんて、あの、丸山臣吾《まるやましんご》が歌っていたやつ、昔、ええ。あれなんて言ったっけかなぁ。今は、美輪明宏《みわあきひろ》、丸山臣吾って言っていたんだよ。あいつとキスしたことがあるけどねえ、甘かったあ、こんな甘いの、ちょっとなかったね、今までの中で一番あいつのキスが上手かったねえ（笑）。（十八代目中村）勘三郎にキスされたことがあるんだよ、あいつにねえ。あんまり面白くなかった。

「（宮沢）りえのあとは、おれか？」

なんて言ったことがあるんだけどね（笑）。

だから、「女はいいものだ。いいものだ」って教育させるわけですから、その、一つの貯金、預金みたいなものが現実にあって、段々段々なくなってきちゃったときに、つまりフィニッシュになって、その（柳家）三亀松さんが言うその、一リットルだか、二リットルのザーメンを使い果たしたときにフィニッシュになるんじゃないと思うよ。

イメージの中で来るんでしょう。おれは、その渡辺淳一が若い頃、下半身がないっていう病棟へ行ったら、そこでその、性欲でギラギラしている眼をしているって言うんだねぇ。それから、ヒョッと見たら、エロ画が置いてあった。その彼が描いた猥画を廻していたわけですねぇ。下半身がないって言うんだけど、精神のものですから、精神がある限り……、その辺から、おれは『失楽園』ってのは観てませんけどねぇ。

……渡辺淳一にこういう話があるんだ。おれがねぇ、佐原へ行ってね、おれが講演頼まれて、前で演っている奴がいるんだよ。こいつが詰まらねえんだよ。

「あれ、どっかの村長？」

って訊いたら、

「渡辺淳一先生ですよ」（爆笑）

って言ってたの。で、あとに上がって、

「皆さん、詰まらなかったろう。今の渡辺淳一の話な。面白くもなんともねぇだろう。おれが面白くしてやるから」

って講演したことがあるけどねぇ（笑）。内容はともかく、おれのほうが面白かったと思うよ。否、おれのほうが内容が上だなあ、言っとくけどなあ。おれは少なくとも『失楽園』なんて、あんな馬鹿馬鹿しいものを書かねぇもん。ちょいとしたって、

「♪　一つでたホイ」(爆笑)

うーん。一つのエロトピアというか、このセックスに対するポルノグラフィの貯金が使い果たしていったときに、ダメになるわけなんですがねえ。それは、「女はいいもんだ。いいもんだ」っていう、こういうものを当てていくわけですねえ。特に、まぁ、オ×コってのは、いいものだと、ね？　オ××コはいいものだと、幻想を持ってくわけですねえ(笑)。

だけど、そんなにいいものか？　おれはよく言うけど、男と女、どっちが了見が悪いかって言ったら、女のほうが悪いだろうって気がするんだ、ズバッと言うと。「生殖器見てみろ」って言うんだ、おれねぇ、なんか女性《むこう》のは不気味でなあ(笑)。で、野郎のは何かひょうきんでなあ、なんかなあ(爆笑)。特にあの金玉ってのは、なんのためについてるんだか知らねえけど(笑)、締められればすぐ参っちゃうし、蹴られればそれっきりだしなあ。やるときだって、竿は用を足すけど、金玉はただここでブラブラ見てるだけ(爆笑)。

だけど、あれを美しい神秘の扉とかにしてねえ、秘密の泉とかって言いながら、妄想を

抱かせて、こう、させるわけなんですがね。

淡谷（のり子）さんにねえ、

「淡谷さん、セックスどう思いますか？」

「あれ、カタチがよくないからね」（笑）

って言ってましたけどね。でも、あのカタチをとらないと受胎出来ないという事実があるからね。受胎するためにあのカタチをとらしたんですね。そうしないと子孫を残せないからですね。

ついでに言っておくと、手塚治虫先生に『ペックスばんざい』っていう漫画があった。こういうペニス状の可愛いペットみたいのが生まれてきて、皆、それ可愛がるんだよな。いいんだけど、そのペックスくんってのは、隙間があると入っていっちゃうってそういう習性を持つ（笑）。あれ、きっとね、こう、勃《た》っているね、とにかく、まぁ、快感はあるから昔の古代の奴は、もう、いろんなところに突っ込んでみたんじゃないかと思うんだよなぁ。とにかく突っ込んで、突っ込んで、皆、死んでいっちゃって、ある村へ行ったら、子供がうじゃうじゃしてて、

「お宅はどこへ突っ込んでいるんですか？」

「いやあ、私はオ××コに突っ込んでいるんですが」（笑）

その種族だけが残ったんじゃないのかなぁ。それを良しとした種族だけで（笑）。うーん、なんという落語のまくらよ（爆笑・拍手）。ちゃんと繋げるから大丈夫だよ。でね、大事なことなんだ。それで、古典落語プラス哲学……、うん、哲学ってほどのものじゃない。……医者と女房に、「あんまり喋るな」って言われてるんだよ、本当のことを言うと。食道癌なんだからね。嘘じゃないんだよ、そのうち（新聞の）一面に出るからなぁ。バカだねぇ、喜んでちゃいけないけど（笑）。

で、子供を産ませるためには、あのシステムをとらなきゃならない。ねっ？　とったってそんなに、ハッキリ言って、男にとっちゃいいけど、女にとっちゃよくないと思うんですよ、それは。現に、産道に性感があったら堪ったもんじゃないですからねぇ。で、それを「一つになっていいわ」とか、いろんなことを言って学習で、そういう風にしていったのが、それが嘘だってバレちゃったんじゃないのかな。で、男は男でもって、男は弱い……、男は弱いですからねぇ、弱いから威張ってんですから。女のほうが強いんですから、これはもう。頭だって、男も女も同じですからねぇ。どっちがいいってのは、分からないですよ。だから、「女が低い」っていうようにさせないと、男が参っちゃうから、やってるだけで、遊びに行くと、「この家は女房のほうが頭がいい」ってウチはいくらでもあるじゃないですか？　女房が下がっているところに妙味があるんですがね。で、下がってて女は弱い者。「あたしはなんにも分かりません」ね。男のリードによって、女が性的にも花が咲くもんだっていうことの幻想になっているから、男は安心出来ますよね？　なんにも分かんないだからという……。で、すべて分かんないときの付属のために、

「弱い者よ」

ってこうしてたわけだ。で、バカな亭主は本当に弱い者だと思って、そこにつけ込んでくるのを、もっともバカな亭主って言うんだろうな。

で、落語に出てくる亭主ってのは、そんなバカな亭主は出てこない。皆、女房に恐れ戦《おのの》いている、どっかで（笑）。

で、男が本気で、錯覚で自信を持ち始めちゃったなぁ。おれたちの年代にもいるよ。

「畜生、近頃ねぇ、俺は女を見ても、勃《た》たなくなっちゃったんだよ」

これを、男のもっとも恥と思っている奴がいるわけ。だから、女がこういう風にやってないと、男がダメになっちゃうだろうと、おれは思っていたの。そうじゃないんだ、今の男は、見事にプライドを捨てちゃったわけ。

「お願いしまーす」

っていう奴（笑）。

「僕、なにも出来ないけど、頑張るぅー」

ってこういう奴なんだよ（笑）。その性的ポルノグラフィはどう来るか知らないけど、少なくも、それによって男が楽になっちゃってるわよ。いつも応じられないのはよく分かるけれども、だから、応じられるように、精力剤を飲んで、

「頑張ってぇ」

「頑張るぅ～」

ってなもんだよ。……また、そういう方法でやらなくてもいいわけだから、具体的に言えば、バイブレーターでもいいとかなんとかっていう、そういう、……セックスが基本的に壊れてきたんだ。

こういう論理を与えちゃうと、あとの落語にどう……、えれぇ、ギャップが来るかも分かんないよ（笑）。終わったあとで、

「言ってる落語の内容が全然違うじゃねぇか」

っていうことになる（爆笑）。さぁ、あとはそっちの判断だなぁ。

「坊ちゃぁん、坊ちゃん、坊ちゃん」

……ハッキリ言うと落語にまくらなんて不要《いら》ねぇんだ、本当のことを言うと（笑）。そのもので分からせりゃぁ、いいわけなんだよね。演りながら、反省されりゃぁ、客は堪んねぇだろうね、一体ねぇ（爆笑）。フフッ、

「坊ちゃぁん、坊ちゃん、

……ほらぁ、呼びなよ」

「ええ？　おーう、卑怯なんだ。一発で「二人いるな」ってのを分からせちゃうんだ、こういうの、おれはな（笑）。普通はこういうことをしないんだ、おれは平気でね、演るの。

……こりゃぁ、坊ちゃん」

「こんちは」

「おや、八っつぁんかい？」

「おや、隠居さん」

ってすぐ、シチュエーションをみんな、決めちまうの（笑）。

「おやぁ、源兵衛さんと太助さんですか？」

で、二人だなぁって、見事に……（笑）。解説しながら、演るのも……（爆笑）。マルセ太郎じゃないんだからね、おれはね（笑）。

「どこ行ってきたの？」

「あの……、稲荷祭の帰りです」

「あ、そう」

『明烏』へ続く

切りたい奴が外科になる

一九九八年五月二十五日　神奈川県民ホール
第一二二回　県民ホール寄席　仲入り前『代書屋』のまくらより

癌の話なぁ。前は食道癌だったの、ね？　それで、患部を焼き切ったの。で、二つあったの。まだ、あんのたくさん。で、取った奴がねぇ、こう、こういうので、見ながら取ってんだけどね。「こっち取るのかな？　あっち取るのかな？」って考えてんだよ（笑）。一つ取ったところで、一つ残っているんだよね。いいのかね？　おれ、知らねえや。相談されても困るだろうけどね、客席《そっち》もね（笑）。

で、前×外科はね、「早期発見。早期発見」って、早期発見っていうのは癌になるかどうか、分かんねぇよな。何パーセント、つまり、措いときゃぁ、五〇パーセントになるとか、六〇パーセント……、じゃぁ、仮に二〇パーセントなるとするか。で、ここに十人なら十人の、まぁ、患者がいてよ。二人が癌になっちゃったと、死んじゃったと。まぁ、死ななくても、癌になっちゃったと。じゃぁ、残り八人助かるなってもんじゃないでしょう、これ（笑）？　全部二〇パーセントってことは、なったら一〇〇パーセントってことでしょう？　全部、一〇〇パーセント持っているんだよね。だから、場合によっちゃぁ、全部ゼロと言ってもいいでしょうねぇ。所詮、この場合の客観的って言うのはね。ようは、主観的じゃなきゃいけない客観的なんじゃないですかなぁ。ああ、分からないけど（笑）。

もう、いいですよ、だって、交通事故、つまり、まぁ、即死というのがねぇ、即死っていうのは事故でもって二十四時間以内に死ねるっていうか、まぁ、亡くなった人ですよね。それが、まぁ、一万人を超えたりなんかして。二万人近くなっている。これで、一億で一万人というと、一万分の一ですか？　ぐらいのチャンス、チャンスって言うと変だけど（笑）、まぁ、あの。だけど、おれは信号を守るとかねぇ、運動神経があの、働いているから大丈夫だとか、避けられるとかねぇ、それからまぁ、表へ出ねぇ、とかいろんなことを言いながら、ねえ、あのう、パーセンテージをドンドン低くしているわけでしょう？　博打は逆ですよね。これはパーセンテージを上げるように、つまり、あの、こうやってやるわけなんですけどねぇ。

だからねぇ、（癌に）ならないかもしれないんだよね。分かんねんだよ。ああ、話は二つ。今回はねぇ、みんなそうですよ、検診ってのは、「悪くなるといけないから、その前に発見しておこう」ってことですよね。胸だろうが、やれその、喉だろうが、前立腺だとかいろいろ……。喉は悪いから、診てもらって……。「はい、ご苦労様」って、ラジオ体操のハンコをポンと押してもらうようなつもりで行ったの（笑）。すると、女医が覗いてやがって、「あらぁ！」って言いやがんの、嫌だねぇ(爆笑)。助けてくれ、アラー（あらぁ）の神だねぇ、本当にね。

「ちょっと、先生、来てください！」

なんて言うの。先輩の今度は男の医者を呼んだよ。男の医者、診てやがって、

「あー、俺はがん研に居たんだ」

とか言ってたよ。

「ああ、これは『白板症』っていってねぇ、癌になる可能性があるから、一つ、組織を診てみましょう」

なんて言う。

「取れるんですか？」

「取れますよ、こんなものは」

麻酔塗ってね。咽《む》せるよな、気管の中に放り込もうっていうんだから、いくら言ったたっ

て。気管の中に米粒が入ったって、「ゴッ、ァアン」ってなるんだから（笑）、なぁ？　あんなの、取れやしないよ。

「じゃあ、いいや。今度は寝かせて取ろう」

　寝かせてということは、

「全身麻酔して、取ろう。一月《ひとつき》後でいいですよ」

　おれもスケジュールがあるから、

「ああ、大丈夫、いいですよ、一月後で、結構ですよ」

「その代わり、一週間口が利けませんよ、口が」

　って言うから、そのときは分かんねぇから、「ああ」と思ってんだけど、考えてみると、これでやれば帰れたんだよなぁ（笑）。寝かすと一週間口が利けねぇってのは。一週間起きてねぇっていうんだったら、分かるよ。一週間寝っ放しっていうんだったら、分かるんだけどね。

「一週間寝っ放しじゃねえだろう。これでも、ちょいとやりゃぁいいじゃねえか？」

　って言ったら、

「いやぁ、そうじゃなくて、やっぱりたくさん取っておいたほうが、ここにはなくても、こっちにはあるかもしれない」（笑）

分かるよ。そうすると、これがおかしいじゃねぇか？ ちょいと取るって（笑）。たくさん取らなきゃおかしいやなあ？ なんだか、分かんねえんだよ。

それからねえ、ガキの頃から行っている町の医者に行ったらね。

「何？」

って言うから、これを診てたよ。

「向こうは鼻から入れて、カメラで見てるけれど……」

「同じだよ、そんなもの、ただ、カメラで見てるってのは、ビデオに映ったりするから、あなたも見られるっていう……。見るのは同じだよ。喉なんて見られるんだから」

って、舌を引っ張り出して、

「あ〜ん」

って見てる。

「口内炎だ」

って言いやがんの、ここは（爆笑・拍手）。……間違ってないよな、口内炎には違《ちげ》えねえよな。

「向こうじゃ、『細胞を取る』って言ってるよ」

「談志さん、必要ないよ。そりゃぁ、談志さん、よしな。そんなもの。声帯なんぞ、傷つけられてよくないよ。そんなの」

「なんで、取るの？」

「そりゃぁ、向こうは取っておかないとなんかトラブったときに、『ウチはこうやって、やったよ』って言わないと困るんだよ。大きな病院とかなんとか、そういうの。そのスケープゴートにならないほうがいいよ」

って言うの。

「ああ、そうですか……、ほぅ」

で、おれはお喋りだから、そのことを向こうの医者に言ったわけだよね（爆笑）。

「こう言ってるよ、向こうで」

って言ったらねぇ、

「それはいいけどさぁ、その人は、あんたがもし癌になったときに責任とるの？　その町の医者ってのは。とらないでしょ、それぇ？　それから、百歩譲ってですよ、あなたが過去、その白板症になったのを治してるとか、治ったのを診てるとかいう、過去のキャリアがあるならいいですよ、ひいても。その人はあるんですか、そりゃぁ？」

と、こう言うんだよ。それから、またそこへ行って同じことを喋ってね（爆笑）。

「そう言ってたよ」

って言ったらねぇ、

「いやぁ、あなたでは診てないけど、あたしはそういう過去をいっぱい診てますよ」

って言うの。つまり、白板症っていうのになって、声帯にべったり白い板がくっついちゃっているねぇ。

「そりゃぁ、先生が治したってこと?」

「ああ、そう言っていいでしょう。あたしの治療と当人の、勿論治癒力もあるでしょうけど、回復力。それで、治してます」

と、分かんなくなってくるわね。

「まぁ、診るなら診たらどうです?」

って言う。その代わり傷がつきますけどね。

「まぁ、心配するなら診たら」

って、こう言うんだ。ああ、一つのもので、こんだけ違うんだよね。それで、「あっち行け、こっち行け」って、いろんなところへ、まぁ、友達が来て、「あっちがいいよ。こっちがいいよ」って言うから、いろいろ、女子医大行ったり、その東大の支店とか何とか……、東大に支店があるんだな、あんなものねえ(笑)。診てて、

「ああ、白板がべったりついてらぁ、これは。七〇パーセント、癌、行ってるから、これ

は、まぁ、放射線だなぁ」

　なんて言ってんだよ。

「すぐ行け。行きなよ。俺、紹介状書くから、がんセンターへ」

　それで、築地のがんセンターへ行ったら、

「ああ、やっぱり八〇パー、七〇パーセントですから、これ、スケジュール取りましょう、ちゃんと。二週間ぐらい、通わなきゃダメですよ」

「ああ、そうですか……ああ」

　で、

「いつ取るんですか？　これは」

　って言うから、

「いや、ウチじゃちょっとスケジュールがいっぱいですから、……あっ、一月後にあたしが取ることになってます」

「それで、いいですよ、それで」（笑）

「『急いで行け』って言ってましたよ、向こうは」（爆笑）

「ああ、癌は急いだほうがいいけど、この場合は喉頭癌が対象ですから、喉頭癌はそんなに進行しませんから、いいんですよ」

帰りながら、

「冗談じゃない。向こうは『喉頭癌だから行きなさい』って言ってるんじゃないか」

という……、一事が万事、もう、こうなっちゃうのよ。

それで、赤塚不二夫がねぇ、彼はねぇ、「ここだけ取る」って言っても、全部取っちゃうらしいよね。この間、おれの友達の「玉ひで」っていう有名な軍鶏屋っていうかな、鳥屋の親父がやっぱり取ってね。

「どんなもんだ？」

「おお、いつも俺は鳥殺して見てるけど、同じようなもんだね」（爆笑）

って言ってる。何が言いたいかって、そのときに「うん」とかぶりを縦に振るとね、あのう、赤塚さんが、こう切られて、こう切られて、取られてくっつけたり、つまり、三枚に下ろされちゃうような状況になるの。彼はそれが怖いもんだからね、助かるという保証もないから、「嫌です。薬でやる」からと言ったのよ。で、結局やっぱり「薬じゃ、どうも」って言うんで、今、この、放射線やっているんだ、ねっ？　何が言いたいかというと、この放射線でよくなったとするか。そうすると、ズタ切りになって助かるという理由もないけど、切ることだけは確かですから、もっと凄い手術ですから、そのときにかぶりを「うぃー」と縦に振ったら、赤塚さんバラバラにされているところなんだよな。今、横に振ったから、それでクッション置いて向こうへ行ったから、このう、なんて言うのかなぁ、放射線でやってるんだよねぇ。で、この差が一体どうなるのかっていうんだよなぁ。ただ、アドバイスすることがある、外科の奴は、すぐに切りたがるね、本当にねぇ(笑)。赤塚さんも言ってたよ。ニコニコしながら、

「切ろう」(爆笑)

って。

「わたしは、もう、方々の医者に行ってるんですよ、もう。耳鼻科から、心臓からね、もう殆ど行ってましてねぇ。あと行っていないのは、産婦人科だけです」(爆笑)

って。

「産婦人科行かないから、癌になっちゃったんだよ」

って言ったんだよ。

「産婦人科行って、金玉でも診てもらってこい」(笑)

って言ったんだけどね。うーん、向こうなんて言うかね？

「嫌だね」

って言うのか知らないけどね。

で、まぁ、外科自体とすると、切りたい奴が外科になっているっていうのは、健康と言

えば健康だよなぁ。産婦人科は、やっぱり、オ××コ見たい奴が、やっぱり、なっているほうが健康だよな（笑）。おりゃぁ、やっぱり、医学のために見るって、理屈をくっつける奴は嫌だね。何で見るかは、別物だよ、そのう、興味や対象はなんでもいいけど、見ることが好きな奴に見せておいたほうがいいよ。嫌いな奴に見せないほうがいいよ、あんなの（笑）。当てにならないですもの。ただ、切るのが好きだっていうのは、健康でいいけどね。やたら、切るっていうのは、どうも（笑）。基本はそうなのよ。ぶん殴りたい奴が、ボクサーになってんだよ。戦争の好きな親分がいるところが戦争するんだよ、フセインみたいなところで。おれみたいなお喋りが好きな奴が落語家になるってそれだけのことだよ。中には、いるよ、そういうの。普段喋らないってのが……、バカじゃねぇか、志ん朝なんかあの……（笑）、小三治も。おれは家でも同じ。家でもパァパァパァパァ喋っている。女房が、

「パパ、勿体ないからよしな」

って言うんだけどね（爆笑）。ふふっ、そうかと思うと、

「寝られないから落語演ってよ」（笑）

なんて言うんだよ。しょうがないから、女房のまくら元で演ったりなんかして、こうやって。嘘じゃない。寝ちゃうんだ、そのうちに。

「どのへんで寝たの？」
って言ったら、
「分かんない」（爆笑）
なんて言ってんだよ。ホッホ。

『代書屋』へ続く

防臭剤の未来

一九九五年五月十九日　神奈川県民ホール
第一三三回　県民ホール寄席　仲入り後『黄金餅』のまくらより

もう、安定なんかないんだろうね。とにかく、安定してりゃぁ参っちゃうんだから。だからとにかくいつも何かこう考える。

だけど、あんまり考えたからって、いいことと、僅かな差で進んだってロクなことがないと思うがなぁ。携帯電話なんて、あんなことやってないと、もう、とにかく収まらないんでしょう。……おれもやってやるかな、高座《ここ》に携帯電話を置いといてね（笑）、演っているうちに鳴るんだよ（笑）。

「今、高座中だけどね……（笑）、客？　入ってるけど、あんまりウケねぇ」（爆笑・拍手）

なんて言って。

「もうすぐ帰るからなぁ」

なんて。いいのかね、進歩するって。おれ、そう思うよ。だって、悪循環だよなぁ、よく言うけど、今、腋に、腋ガなんかよくないけどもね、確かにそれ治すのはいいよ、それぐらいはいいですよ。そのいい匂いのする口臭剤なんてね。そのうちに誰か屁もいい匂いにしようなんてことを考えるだろうね、そのうちに(笑)。ジバンシーの屁だとか、やれそのエルメスの屁……(爆笑)。そういうのを作るんじゃないですか？　みんな、そういうの持って、

「明日、フランス料理食べさせてくれるって、本当？」

「本当だよ。来るだろう？」

「行くわぁ。おならは何がいい？　やっぱりあのジバンシー？　それとも何にする？」

「ああ」

なんて言って、で、飲みながら、ぷぅーなんて、

「おお、いい匂いだねぇ」(笑)

なんて言って。

「日本料理のときは、やっぱりミツコみたいのがいいのかしら？」

って言うことが古いけどね、どうもね。と、そんな話をしていたら、

「バカ野郎、おれの恋人はなぁ、おれの女はよぅ、レストランで本当の屁をするぞ、お

前。だからいいんじゃねぇか、バカ野郎。人間的じゃないか？」

なんて言うんだろうね（笑）。よく話すんだけど、おれん家《ち》のあるとき、おれのところのねぇ、あのう庭にねぇ、トイレの防臭剤ってのを撒いた奴がいた。

「誰が撒いたんだ？　これ！」

って言ったらね。

「撒いてません」

って言うんだ。

「匂ってんじゃねぇか？」

すると誰か弟子の一人が、

「これは師匠、金木犀が匂ってんです」

って言うんだよ。おれは金木犀の匂いを知らなかったの（……笑）。だから、つまりおれん家のトイレの防臭剤は金木犀だったのな（笑）。だから、本物の匂いを嗅いだときに、トイレを思い出しちゃったわけな（笑）。こんな、だから百合のこういうのやってる人は、百合の匂いを嗅いだらトイレを思い出すんじゃないすか？　ああ、逆なんです。だから、トイレはトイレの臭い。今度売り出してやろうか？　『トイレ生の匂い』とかで（爆笑・拍手）。不特定多数のウンコと小便の臭いが混じったアンモニアの何とも言えない

臭い。あれをシューッとトイレに撒いて、

「これだよぉ〜（爆笑）。これだよ。水洗便所じゃ、これが味わえないからなぁ。いいもの発明してくれたよ」

ってシューなんてやって……。セックスなんてそれに近くなってきてるんじゃないですか、段々段々。

だから、人間はどうしようもないんだから、生まれて死にゃぁいいんですすよ。言っておくが歳とっていいことなんかないですよ。それだけ言っておく（笑）。よくねえ、歳をとっても元気だよ……、嘘だよ、そんなの。丈夫で早死にが一番いいの、本当に（爆笑）。いいことなんかないよ。未練があるから、それだと未練をどう整理するかということよ。もう、六十過ぎたらいつ死んでもいいように生きようよ、そんなもの。五十と言ってもいいか、寿命が延びているから、長生きしてもロクなことはない。周りに迷惑かけりゃぁ、ねぇ。ああ、皺《しわ》だらけになるしさぁ。よくないよぉ。

だから、おれが仮にあと十年生きたとするか、ああ、で、十年経ってここに出たときに観客の半分はいねぇんだろうなぁ（爆笑・拍手）。……実はいたんだけど、聴きにこられないのもいるしね。来たくねぇっていうのになっちゃったりなんかするしね（笑）、いろいろある……。おれがいなくなっちゃうだけですねぇ。

『黄金餅』へ続く

『三軒長屋』考

二〇〇〇年五月二十二日　神奈川県民ホール
第一四四回　県民ホール寄席　仲入り後『三軒長屋』のまくらより

『三軒長屋』という落語で、長屋の住まいで……、あたしん家《ち》も長屋みたいなもんですから、長屋が縦になっただけで……。腹ばいになると子供がそこに上がってくるような暮らしをしてまして、それで「いいもん」だと思ってましたからね。大体、土地を買って一軒建てるっていうのは、あれはもう田舎者《もん》の発想で、田舎者が良いとか悪いとか言ってんじゃないんです。田舎者の発想だと言ってるんです（笑）。地面のところにずうっといましたから、どっかで東京出ても地面が欲しい。我々地面なんてないものだと思ってましたからね。せいぜい地べたがあって、そこに縁台将棋をするだけだと。あとは、

「露地の細道　通しゃんせ　横丁《よこちょ》のお茶屋へ　お茶買いに　露地は夕顔咲きかかり　斜にちゃっと避け　通りゃんせ」

という、露地の狭い部分に飾った。そこにオシロイバナだったり、まぁ、新しくなって都忘れだとか、まぁ、せいぜい、何でしょう、松葉ボタンだ。テッセンだ。ねぇ？　あのう、そういう花を、鳳仙花《ほうせんか》、金盞花《きんせんか》って、ちょっとお弔いみたいになっちゃうけど、そういう小さな花を飾ってる、そういう所《とこ》だったんですがね。

段々、出世《うえ》になったり、一軒家持つようになって、持ったってたかが知れてる。二百坪持ちゃ、もう、凄いでしょう？　今、日本、東京で。東京でも横浜でも、どんどん増えてきちゃって、平均するにはどうやったらいいかって、簡単なんだ、田舎に住む奴は税金をタダにしちゃえばいいんだ。一番簡単なんですよね、これがね（笑）。

え〜、この長屋は、『三軒長屋』というくらいだから、三軒あってね。九尺二間《くしゃくにけん》という、うん、九尺ですね、六尺からちょいと……、

「九尺と二間に過ぎたるものは　紅のついたる火吹き竹」

という都都逸があったように、新妻が吹いた火吹き竹が置いてあったということで……。

この噺の舞台の長屋は、ちゃんと家があって、二階もある、つまり繋がっているから長屋というんで、一般で言う、あのう八公が来て、

「おー、起きろ。起きろ、ええ！」

「おお、久公、起こしてやろうじゃねぇか？」

とかね。

「この野郎、熊、起きろ。この野郎、お前は死んでいるんだぞ」

って、こういう、あの、ああいうのとは違うということで、別に説明なんかすることなんだけどね（笑）。

え～、突先《とっさき》が鳶の頭《かしら》で、真ん中がどういうわけだか、お妾で、時々旦那が来るという静かな暮らしでね。奥が一刀流の達人で、楠運平《くすのきうんぺい》　橘　正国《たちばなのまさくに》という……、名前から聞いて凄そうな先生が……、二階を全部ぶっこ抜いて道場かなんかにして、……目白にねぇ、そういう家（五代目柳家小さん宅）があったですよ、あれねぇ（笑）。下でね、道場やってやがってねえ。

「イヤァー！」

って、やってんだよ。噺家のやるこっちゃないよ、剣道なんて、あんなもの（笑）。遊びでやって、「もう一丁！」っていうなら分かりますよ。剣道やってんだよ、ええ！　それで、

「おまえもやれ」

って言うから、

「嫌《や》だ」

って、逃げまくったですよ（笑）。あれも根に持ってんな、向こうはなんかでなぁ。

「金の賭けないスポーツは不純だ」

って言ったら、怒りやがったけどねぇ（笑）。ほいで、二階でかみさんが下手な俗曲を習ってきてね。

「♪　おこさで、おこさで、本当《ほんと》だね～」

下で、

「ヤァーァァァ！」

ってね（笑）、これから演る落語そっくりなんだよ、まったくね（爆笑）。

「『三軒長屋』だね、ここの家は」

って言ったことがあるけどね。……門弟が集まると、

「いやぁ、貴殿の前だが、古今の剣豪は宮本武蔵であろうな」

「否《いな》！　否！　荒木又右衛門には敵うまい」

「いや、伊藤一刀斎である」

とかな、いろんなことを言っている。あんまり、「成駒屋《なりこまや》がねぇ」って話をしないんでね。

「いや、宮本だ」

「いや、荒木の前に荒木なし、荒木の後に荒木なし！ 荒木又右衛門に尽きる」

「いや、宮本だ！」

「荒木だ！」

「宮本だ！」

「袴田だ！」

ああ、ちょっと違うかな（笑）、なんか分かんない。古いね。

真ん中は今いう、時折日那が来たときにいくらか三弦の音《ね》が聞こえるぐらいで……、突先は頭《かしら》だから、かみさんは……、頭のかみさんっていうのは、四代目小さんの女房が頭のかみさんの娘でして、威勢がよかったですね。口は悪かった。

「何だ、（鈴々舎）馬風の野郎、何にも似てやしねぇや、あんなものは」

なんて、先代の馬風の物真似を……、

「（三笑亭）可楽ぅ？ あん畜生ぅ！」

なんという、そういう口調でしたよ。

「おかみさん、隣の病人の方……」

「ああ、夕べ、ゴネちゃったよ、あの野郎」

なんて、こういうねぇ、サラッとした人でしたけどね。どっかで、このおかみさんを圓生師は、『三軒長屋』でちょっとパクっているというか、モデル化している感じがありましたよ。圓生師匠の『洒落小町』のおかみさんっていうのは、全く四代目のそのかみさんでございましたけどねぇ。

男をそれこそまとめていこうってんだから、気《き》っ風《ぷ》は強ぇやね。ちょっと、違うけど、志ん朝のカカァも、そんなような感じかもしれないけどね（笑）。

『三軒長屋』に続く

東大卒のホームレス

二〇〇一年一月二十四日　神奈川県民ホール
第一五〇回　県民ホール寄席『松曳き』のまくらより

【まくらの前説】

早稲田大学商学部入試問題漏洩事件……一九八〇年に早稲田大学商学部の入試問題が事前に漏洩し、不正に合格した学生及び漏洩に関与した関係者が処分を受けた事件。大学は受験生九名の合格を取り消し、調査の手を過去に伸ばして、卒業生四十二名、在学生十三名の不正入学が発覚。この五十五名の入学を取り消しと学籍抹消の処分を行った。

段々吐く息が強くなってきて、もう、保《も》たねえなぁと思う時間が随分増えてきた。え

〜、常に元気がないんです。元気なときはね、酒飲んでね、ハルシオンでもかじってね(笑)。こんなになって、世の中罵倒しているときは、そこそこ元気に見えるんですな。あとはぐっすり寝て起きて、二十分ぐらい元気なんです。あとは、ダメ(笑)。面白いものが一つもない。逆に言やぁ、この歳になって面白いものがあっちゃ、堪らないかもしれないけれどね。テレビなんぞ観たって面白いものなんにもないですよ。

だから、毎度言うテレビは入れちゃ腹を立ててますからね。……なんだ、これは? そのくせ手前《てめえ》が変な番組出ちゃって(笑)、もう、体中汚れたような気になってねぇ。小汚ねえカマのかたっぺらの隣に座ってねぇ(笑)。あ〜、「もう嫌だ」って言ってんだけどねぇ。まぁ、美味しいって言えば美味しい仕事なんですよ。なんにもしねえで黙ってたっても構わないんだから(笑)。こうやってね、こんな顔して、で、あれで、ガボンと金をくれるんですよ。向こうはね。ああ、おれのことだから乱暴だよ。控え室は靴のまま入っていっちゃうしね。煙草は吸うし、番組中酒は飲むしね。で、周りはもう、腫れ物に触るようにしてるんですよ(笑)。

そういう意味ではもの凄いんだ。右翼へ行こうが、……右翼のね、銀座の親分ですよ。そこへ行く。吉幾三だとか、そういう奴は皆、ヤクザの結婚式に来たって写真雑誌とか、『フォーカス』が撮る。おれだけ、出ないんだよね(爆笑)。おれ、堂々と行ってんだ、そこへね。「何で、おれ出せねえんだ」って怒ってんだ。嫌われちゃったおれ、やっぱりね（笑）。右翼のところへ行こうが、おれはいい顔だよ、おれ、右翼で。×××政治連盟なんて、おれの顔を見たら、パって敬礼《こう》やるからね（爆笑）。

これで、落語は上手いしね（笑）、もっとも恥ずべき行為を平気で言うでしょう？　ここがおれの魅力というか、特長というかね（笑）。普通ここまでは言えないっていうところまで、さらけ出しちゃうんです、おれは。そこにおれの存在価値があると、おれは思っているんですがね。「それだけは、言うなよ」ってのはないんだ。

長年観てるからね、そりゃぁ亡くなった……、亡くなって古いけど、亡くなった小島政二郎先生が、

「これだけ文明が進んできて、なんで芸を見る目がなくなっちゃったんでしょうね？」

って言ってましたけどねぇ。ますますですよね。「なんなんだ」っていうようになってくる。

だから、テレビ一応は入れるんですけどね、ピュン、ピュン、ピュン、ピュン、ピュン、……プスッて切っちゃうんだよなぁ（笑）。買わなきゃいいじゃないか、テレビなんて。……う～ん、点けなきゃいいじゃないか。でも、点けなきゃいいって、点けるために買ったわけだからね、消すために買ってるわけじゃねえから（笑）、何かねぇかなぁと思う。

え〜、あと一年。なんとかかと、思っているんですけどね。で、演るとね、いい発見があるんだ、うん、あのねぇ、あの落語界の中でずば抜けているね、おれね、やっぱり、あのう（笑）。志ん朝と比べる奴がいるけど、とんでもない話ですよ、これは（笑）。品物が違うんですよ、これ。……違うんですよ。志ん生と小さんを比べるのは構わないけどね（笑）、……おれは、違うんです。

つまり、これを平気で言うっていう、この恥ずかしさ、……なさって、これなんだ、これ。

うん、あのね、去年の暮れ、頼まれて嫌だったけど、『芝浜』演ってたの、ええ。それでね、まぁ、知っている方は知ってるけど、おれの『芝浜』は、あんなストーリーを拵えてといて、

「今日まで、お前さんが待ったのは、お前さんが一所懸命働いて、『働かなきゃいけない』ってその一言で、あたしは安心した」

なんて、小三治なんて、あの程度の低い奴が、そんなところで演ってんだろ、きっと（笑）。おれ、そんなのは、全部成り行きだからね。

これは、あたしは演者に演らせているわけですから、おれが演ってんじゃないんだ、あれ。

演者に、

「ストーリー知ってんな？　おまえ、演ってこいよ。今日は、『芝浜』だぞ。演ってこいよ」

って放り出してあるんです。だから、彼らがいろんなことを演ってるんですよ。それなりの、うん。で、おれは後ろでもって、ただ、ディレクトしているだけですよ。出入りを見ているだけです。……うーん、そのときにね、フッと女房役の役者がですね、役者って語り手、おれじゃないですよ。おれが任した奴にね、

「ねぇ、お酒飲もうか？」

って言わしてみた。言ったんだ、こいつがね。よかったね、我ながら。

「お前さん、飲む？」

って……、それとも違う演り方で、

「お前さん、……お酒、飲む？」

って、それじゃないんだよ。ね？

「お酒、飲もうか？」

「ええ？　さ、酒？」

「うん、お前さん、飲もう。……飲もう。ね？　飲もう」

「……おい」

このほうがいいね、うん。あーん、……この自画自賛を聞かされている観客は、どんな気持ち……(爆笑・拍手)。自分で演ってて、鳥肌が立ってきたけどね。……酷い芸人だね。自分だけは毅然としていればいいんだって言うけれども、そうはいかないんだ、それほどの人間じゃないからね、おれはね。でもまぁ、幸せなことに、いい観客に恵まれて、……「今日は来ないかもしれない」なんてえので、来てる人もいるしね(笑)。すっぽかしたりね。この間も、

「演りたくねぇんだよな、おれなぁ。演りたくないのを無理に演らせるなんて、そんな程度の低い客じゃないだろ? あんた方」

って言って(笑)、そう言われると、「低いよ」って言うわけにもいかないしね(笑)。

「いいよ、いいよ、演りたくなけりゃぁ、よしなぁ」

って言ってくれる。それをもらっているぐらいだから。こんないい客を持っているのは、おれぐらいしかいねえんじゃないかと、まぁ、胸を張っているんですけどね。うーん、で、

「今日、よそうか?」

って言った日にゃぁ(爆笑)。その反面ねぇ、客が少ないときがあるんですよ。今はあ

んまりないけれどもね、そうするとねぇ、

「ようし、分かった。来なかった奴のために、演ってやる」っていう風になるんだね。来なかった奴のためにね、「行きゃぁよかったのになぁ」って思わせてやるっていうのがね、演るっていうのがあるよ。今日は演るかどうか分からないけれど（笑）。

世の中いろんなことがあるけどね。いろんなことを言ってます。「ああでない」とか「こうでない」とかね。一つは、……一つも何もないです。基本的にどこに原因があるって言うなら、文明のため、文明がこうしちゃったわけ。ガングロの女の子もねぇ、白く塗って死んじゃった、まぁ、くたばったあの婆もねぇ（笑）、みんな全部文明のねぇ、あの……こと。まだ、文明があんまり入ってこない頃はね、お互いが協力しなきゃならないからね、ええ。人力が必要だからね、人間の力がね。こういう横浜村なら、横浜村。川崎村なら、川崎村。そこの一つの矜持みたいのがあったからね。

今、ないもん。そんなもの。なぜなくなっちゃったかというと、文明がそんなもの……、やれ、入学だぁ、就職だぁ、皆……。昔はそんなものねぇもん。小僧に行くんだもん。小僧に行ってそこから働いて、手代になって番頭になって、人間を見る時間がゆっくりあったんですよ。英才教育で人間が見られますか、あなた。英才教育で。そりゃぁ、化《ばけ》学も、医学も、科学も覚えるかもしれませんですよ。人間は分からんでしょう、そんなもの。

だから、社会という言葉を、人間関係と訳せばよかった。つまり、ソサエティとかそういう言葉をね。それを、社会と訳したのがいけないと言ってたけれど。「ああ、なるほどそうかもしれません」と思ったですね。全部、元は文明、うん。ああ、どのへんでとめりゃぁいいんだか知らないよ。鎌倉時代にするのか、江戸時代にするのか、少なくとも、江戸時代ぐらいだけどもね。あ、どうでしょうねぇ。あとはもう、どうすのかねぇ。ヒトラーみたいのが出てくるか、戸塚宏校長に任せるか（笑）。うーん。

「人を殺して、なぜ悪いんだ」

と訊かれた大人が絶句したって新聞に書いてあった。

「人を殺して、いいも、悪いもないよ。殺していいってことになると、お前も殺されるよ」

ってことなんですから。人殺しを認めたら、手前《てめえ》も殺される。おれだったら、

「人殺しが何故悪いか分かんないの？　知りたいの？　こっち来な」

って、バァーって丸太ん棒でボッカン、ボッカン逃げられないようにして（爆笑）、一人じゃダメだったら、弟子を全部使って。弟子はそういうのが好きだから、落語は嫌いだ

ろうけど(笑)、弱い奴をぶん殴るの大好きだろうからね。で、今度は縄でグイグイ締めて、それで、

「今、殺すからなぁ。これは委任殺人だから、『頼んで殺してもらってんだ』と書きな、判子押しな、ここに、殺してやるから」(笑)

こいつ、分かるだろうね。

「く、く、苦しい。助けて！」

って、言うだろうね。う〜ん、そんなもの、不幸な目に遭ったもんでなければ、幸せなんぞ分かりゃしないしね。

成人式なんぞ、よしゃぁいいじゃないか、そんなもの。着飾って出たいって、その一点だけなんだもの。おれ、前に行って、誰も話を聞かないから怒ったことがあるよ。

「せっかく今日はお前らに、覚醒剤の打ち方と、センズリのかき方を教えてやろうと思ったけど(爆笑・拍手)。この大バカ野郎め！」

って言ってね。あんなもの、色気だけなんだもん、バカなんだもん。親もバカなんだもん。大人が悪い。ガキは知らねぇんだもん。大人がバカなんだもん、そんなもの。う〜ん、どうにもならねぇよね。

だから、わたしはいい塩梅に学校へ行かなかったからね。本当によかったと思ってい

る。中学までは義務だから行ったけどね。あと行かなかったおかげでね、人間を見る目を養うってのかねぇ、ああ。今なんて言うんですか、フリーターってのが増えてきたっていうんですね。まともな……、まともってのはねぇ、これをまともって言わないとねぇ、やらないから「まとも」って言っているんですよ。それだけのもんなんですよ。言わないとやらないから言うんだ。親孝行だろうが、友情だろうが、愛だろうが。愛なんて嘘に決まってるんだから。愛なんぞ、あるわけがないじゃないですか（笑）。あるとしたら、自己愛だけだよ。自分が可愛いってだけよ。

「そんなことないわよ、あの人のためなら、命を捨てたい」（笑）

そりゃぁ、向こうに死なれるよりは、……うん、向こうに死なれて自分が生き残っている辛さよりも、自分が死んだほうがいいと思うから、そういうことを言うんだ。自己愛なんだ、そんなもの全部。

「落語に入る」ってことは、忘れてませんから、大丈夫ですよ（爆笑）。

フリーターって、いいじゃないか。ウチの倅がそうだったですよ。ずうーっと何もしなかった。学校辞めちゃって、ボォーっとしてたんだよ。

「あれで、いいのかね？」

「いいじゃねぇか、親が金持ってんだから、そりゃぁ、働くことねぇじゃねぇか」（爆笑）

まぁ、うん、そんなもんですよ。でも、

「レーニンが、『働かざる者、食うべからず』って言ってたよ」

って言ったら、

「俺、あんまり食わねえしな」

って言ってたよ（笑）。立派な奴ですよ、うん。

……ただ、フリーターでいいじゃねぇかと。したら、フリーターでも三十、四十までやってるとね、今度はフリーターの仕事がなくなってくるって言うんだね。本当かね、知らないけれど。「それが怖いんだ」って言うから、「怖がることないじゃないか」って言ったら、「先はホームレスがあるじゃないか」って言ったんですよ（笑）。いいじゃないですか、ホームレスで。いいですよ、ホームレスは、あれは、あのう、川っ縁《ぷち》とか公園にいるから日当たりもいいしね、日照権の問題なんかもないだろうしね。ビルが建ちゃ動けばいいんだから、こっちが（笑）。ああ、水はタダだしさぁ。トイレはあるし。逆に言えば、水とトイレを止めちまえば、あいつら参っちまうんだろうけどね。

「ホームレスに家を」

ってバカが言うけど、家がねえのをホームレスって言う（爆笑）。家を欲しがらないのが、ホームレスなんだから。それに「家を」だってさ。バカな奴がいるなぁ。

今ほら、部長とか専務までやったのが、そのう、フリーターになったと。分かり易く言うと、東大出のフリーターなんて言うと、

「おお、やっぱり自由を求める人がいるんだ」

なんて、却ってよくなったりするのね。うん、そのうちにドンドンなってくると、

「何だい、東大出のフリーター？　バカじゃねぇか、俺はお前、小卒ですぐフリーターだよ、お前」（爆笑）

もっと言うと、

「俺は中卒ですぐホームレスに入ったよ。お前なんか、会社員やって気がついて入る。東大出てホームレスになるって、ダメですよ。俺みたいに、中卒即ホームレス。これストレート」（笑）

「それなんですよ。我々それに対してどうも抵抗を感じる。劣等感に悩まされますねぇ」

って言うんじゃないのかね（笑）。

「代議士がバッジ付けて、通りかかったら、乞食がいてね」

……乞食が、今、モノを乞わないよな。あるところちゃんと知ってんだもん、あるんだもんな、行きゃぁな、残飯でもなんでも。残飯食ったじゃないですか、おれたちはもう。残飯がありゃぁ、大結構ですよ。落ちている吸いかけの煙草があったら、それこそ喧嘩腰

で取り合ったじゃないですか。たいした前じゃないよ、そんなもの。「不景気になった。不景気になった」ってどれほど……。逆に言うと、景気がよくなったときに何をやりました？　男たちも、女たちも、大人。ええ、せいぜい愛人拵えて、あんた、マンションに住まわせたり、東南アジアに女買いに行ってみたりさ。ヨット買ってみたりね、乗りもしないのに。家建てて家庭バーなんぞ作ってみたり、誰も飲みもしねぇのに。これでねぇ、台湾だ、香港だ、あの辺行ったり、ゴルフの会員権買って、文学書一つ読んだ奴いないじゃないですか？　ズバッと言えば。文学書がいいとは言わんけど、別にね。

女は女でもって着飾って、「どこのレストランが、どうのこうの」って、うーん……、ガングロの姉ちゃんの、ああいうのは田舎かなんかに行ってね、大根かなんか洗ってりゃぁ可愛いのよ（笑）。

日本人は貧乏が一番よく似合う。

「新香《こうこ》漬けたけど、食っかぁ？」（爆笑）

なんて言われるとね、今晩、夜這いをかけてやろうかと思ったりする気もあるんだけどね。ああ、似合わないですよ、ああ、小汚いのは。

やっぱり、東京なら東京、特にまたそれを凌駕する一つのものを持っていた横浜の文化な。そういうものにどっかで浸ろうとして、皆、こうやっていたのにねぇ、そんなの。

……これを年寄りの愚痴って言うんだけどね（笑）。愚痴は大事なんだよ、とっても。

あーあ、あのねぇ、それで、受験だとか、就職難だとか、……就職ってのはね、才能のねえ奴が、どっか一生食わせてくれる場所はねえか？　って探しているの。これを就職って言うの（笑）。才能があれば、黙っていても引っ張りだこになっちゃうの、こんなもの。才能がねえ奴が、「どっかねえかね？」って言ってるだけなんだ。あるわけがねえんだ、そんなもの。

うーん、だからねぇ、入学だってそうですよ。裏口入学だなんて。だって、基本的には学校ってのは、入学金だとか月謝だとか、それで経営している。勿論、補助はあるけど、国の。まあ、ないのもあるけど。それが赤字になったりするとね、それにつけ込む奴がいるわけです、当然。

「お前さん、理事長ですか？」

「ええ、なんです？」

「これ、ウチの子供なんですけど、これ学校入れてやんなきゃいけねぇんでね」

「ええっ？」

「試験なしで、その代わり金やるから。お前《めえ》のところ金がないんだろ？　経営難だろ？　ガバンとやるよ。入れてくれりゃぁ。なっ？　入れろ、これ。金やるから」

っていって、向こうは向こうで金がねえもんだから、「バカ入れてやるから、金持ってこい（笑）。金持ってこい。金持ってくりゃ、入れてやるから」

てこう言ってんですよ。バランスが取れているんです、なくならないんです、これね。「早稲田入試問題漏洩事件」なんて言ってね、「伝統を汚した」なんて、よく言うよ。伝統を守っただけなんだ（爆笑）。

ただ、問題はねぇ、金とって裏から入れてっていうのは、おれは失礼だと思うなぁ。あ、そう思わない？　あなた方、今日入場料払って裏の梯子段から上がって入ってご覧なさい（爆笑）。怒るよな？　非常階段から、「上がってこい。上がってこい」なんて。やっぱりね、金とったらね、表から入れてやんなきゃダメですよ。ちゃんと、教室に寄付額を貼っておいてやればいい（爆笑）。誰々、一千万とかね。五百万とか、三百万。いい席は、その一千万代がいい席に（笑）。五百万、三百万、二百万、百万、五十万、三十万、十万、五万、三万、二万、一万……。最後のほうになると、「清酒二本」なんてのがあったりなんかしてな（爆笑）。お祭りの社務所みたいになってな。

それじゃぁ、本当に勉強したいと。「勉強したいんだけど、俺、そのう、これ金がねえんだ」って奴は、どうするかって問題だね。バカは裏から金で入れるのはいいんだけど。

そういう頭がよくて金がない奴だけ、只で入れてやったら、どうかね？　裏から（笑）。裏と表が逆になっちゃうってことね、これね。

「お前は頭が悪いんだから、銭持ってきて表から入れ。このバカ野郎」（笑）

「お前は、あの、頭がいいから、裏からそっと入ってきな」

なんだかわけが分からない。表と裏が逆になってね。

やたら騒いでいるけれども、裏金なんて政治はもう話せばキリがない。一晩でも二晩でも語れるぐらいね、俺も金とっているしね、まぁ、いろいろ今だから、言うけど。

え～、ジョークねぇ。どんなジョークがいいのかなぁ。アフリカのジョークを。

サハラ砂漠を行くと、向こうから欧米人のビキニみたいなね、水着を着た女が歩いて来てねぇ、

「あんた、ここ歩いて、海、海たって、これあんた、ええっ！　これ五キロ、いや、下手したら十キロ先ですよ、海岸は」

「だから、素晴らしい砂浜じゃん」

ってなんだかよく分からない（笑）。なるたけ聴いたことがないようなギャグを演ろうとするから（笑）、その分だけ笑いが少なくなるんだ、これね（爆笑）。

段々落語の時間が短くなってくるね（爆笑）、これね。

「♪　落語が段々遠くなる〜」

『松曳き』へ続く

落語チャンチャカチャン

二〇〇一年一月二十四日　神奈川県民ホール
第一五〇回　県民ホール寄席　仲入り後『ずっこけ』のまくらより

【まくらの前説】

仲入り前で披露された古典落語『松曳き』は、立川談志独自の解釈で演じられ、その型破りな会話や思考の流れから、立川談志が提唱したイリュージョンな笑いで構成されていた。

昔は落語をあんな演り方をしたら、

「なんです？　ありゃぁ」

「何やってんだ、ありゃぁー？・」

「滅茶苦茶だなぁ」

って、ことになるんでしょうけどね。滅茶苦茶なんです。落語なんてものは、パーソナリティ以外の何物でもないし、ついでに教えておきますけどね、世の中では落語家っていうのは、頭がよくて、洒落が分かって、頓智が利いて、知識が多くってぇ、世の中にこんな誤認はないよ（笑）。何がダメだって、落語ほど楽なものはないね、おれに言わせると。「般若心経」を読んでいるのと同じなんだもの（笑）。木久蔵（現・林家木久扇）なんていつ出てきても、あの、

「（八代目正蔵の口調で）おまぁえぇは、ねぇ〜」（爆笑）

（林家）こん平は、こん平であんなものですしねぇ。圓楽（五代目）は、ともかく『浜《はま》野矩随《ののりゆき》』で涙をボロボロ流しているだけだし、歌丸なんかどう演っても、あれっきりのものだろうし……。あれとなんか、入場料が同じだっていうだけで、情けないね、おれね（爆笑・拍手）。

まだこれが十年ぐらい前だと、娑婆っ気があってね、初めてわたしの落語を聴いた人にはね、分かり易く、笑いが多いものもね、なんか、こう、こりゃまた、いろいろと手を使ったんですけどね、もう、しなくなっちゃったんです、もう。とにかく、わたしをずぅーっと聴いてた人にね、もう、最後の土産として、あんまり聴いたことがないネタを

演ってやろうかなぁって（笑）、そういうようなねぇ、あのう、境地になってましてね。だから、一般というか、初めて聴いた人にとっては、あまりにも、普通の落語との差が、落差があるみたいでね。戸惑っていると思うんですけどね、うん。「戸惑った」という思い出を持つより、手がないと思いますよ（爆笑）。……嫌な落語家でね、え～。

え～、酒の話をします。ちなみに香港ですか、台湾、台湾・香港なんか、全部外食。九十何パーセント外食だっていいますね。殆ど表で食べている。家で食わないんすね。だから、こんなことをしないんですよね。あたしゃぁ、今日、出掛けに自分で寿司を握ってね。自分で握って自分で食ってんです、おれは（笑）。握って置いておいてね、何貫も拵えちゃうの、あれはもう、カルビクッパだろうが、やれ、わっぱ飯だろうが、うん、大概のものは出来るわ、そんなもの。これだけ道具が揃っているんですからね。

言っとくが、酒と煙草なぞを禁《や》めようとするのは、もっとも意志の弱い奴のやることであってね、あれは禁《や》めるもんじゃないんです。何故かと言うと、酒というものは人間をダメにするものじゃないんです。人間はダメなものだというのを、確認させるために、酒は存在するんです（爆笑・拍手）。意志の弱さをね、確認させるために。

（袖に）何時？　今（笑）。『落語チャンチャカチャン』でも演るか？　今、何時？　八時三十五分？　九時にはねりゃぁ、いいか（笑）？

「呼んだらすぐに来なきゃいけねえ、この野郎、本当に。ぼぉっとしてやがる。『ううん』だって、口開いてやがるなぁ。何で、口開いてんだよ？」

「口を結ぶと、息が吸えないからね」

「こういう野郎だ、鼻で吸え、鼻で」

「う〜ん、……吸えますね」

「何、言ってんだ（笑）。ええっ！　いくつになったんだ？」

「あ〜、二十」

「二十だって、二十歳《はたち》ってんだい。二十歳でブラブラしてやがって、本当に。まあ、なんでもいいから、そこに仕入れてきたんだから、道具市に行って。その太鼓を売って来い。その太鼓を。売ってきな。行って」

「この太鼓、重くて汚い太鼓……」

「生意気なことを言うな」

「ドーン、ドンドン、ドン」

「お前の玩具《おもちゃ》に持ってきたんじゃないんだよ。とにかく、それ背負って、大家のところに行って、行ってこい！」

「驚いたねこりゃぁ。なんか食わせてくれるかと思ったら、太鼓売る羽目になっちゃった。大家さぁ〜ん」

「この野郎、与太郎が来やがった。なんて声を出しやがるんだ。なんだ、なんだ、なんか用か？　ええ、どうした？　一両二分と八百、持ってきたのか（爆笑）？　持ってくりゃぁ、渡してやるから」

「そうじゃねえんだよ、あの、この太鼓を買ってもらいてえと思って」

「バカなことを言ってんじゃない。それどこじゃねえんだ、お前。長屋じゃ、らくだが死んだってんで、大喜びでな（爆笑）。みんなで一つ、これから花見に出かけようってことになってな（笑）」

「おはよう、おはようございます！」

「さあさあ、皆、集まっとくれ。じゃあ、出掛けるからね、そこにある毛氈を」

「こりゃ、むしろだ」

「毛氈と言ったら、毛氈と言うがいいんだよ。それを担いで、どっちだって酒だってなんだって、偽物だよ」

「ええ、ようがす」

「『ようがす』て、その了見でそれぞれ行こう。そりゃぁ、花見だ！　花見だ！」

「夜逃げだ。夜逃げだ」（笑）

「バカなことを言うな」

　ワァーワァー、ワァーワァー言いながら、下谷の山崎町を出まして（笑）、あれから上野の山下へかかってまいりまして、新黒門町から御成街道を真っ直《つ》ぐに、やがてに左にきれた両国橋、橋の上は花火観ようってんで、もう、大変な人出で（笑）。このごった返した客の向こう、両国から馬に乗って来た乱暴な奴がいやがってね（笑）。馬に乗って入ってきたから、

「おーい、気をつけろぉ〜！　その馬、びっ×馬だぞぅ〜！」（爆笑）

「どうもおかしいと思った。こんなに傾ぐものとは思わねえもん。馬子さん、馬子さん、びっ×だって」

「びっ×じゃねんだ、長え短えっ言《ちゅ》うんだ」

「カァーッ！　おい、ダメだよ、これ、どこへ行くんだよ？」

「どこへ行くんだか、分かんねぇ。前へ回ってウナギに訊いてくれ」（爆笑）

「何言ってやんでい。洒落にも冗談にもならねぇ。おい、馬はダメだ、おい、船にしても

らおうじゃねえか！」

「よーし、分かった、分かった、分かった。

おい、おかみ、どうしたんだい、お前。船頭が来ないじゃないか。何やってんだい」

（笑）

「ええ、今、ちょいと、髭をあたっておりまして」（爆笑・拍手）

「色っぽいね、この野郎。それどころじゃないんだ、早くしろ。さあさあさあ、しっかりやって」

船頭が蓑笠に仕度をして、竿を一本ぐいと張るときに、宿屋のおかみが船べりに手をかけてぐいと押してくれるのは、なんの多足にもならないが、愛嬌のあるもので。船は山谷堀から、大川へ出る。真っ暗な空だ。数千万の虫が舞うように、体にまとわり付くように降る雪の寒いのなんのってね（爆笑）、

「お～、寒、小寒って来やがったねぇ。山から小僧が泣いて来るっていりゃぁ、船頭が泣いて来るって、こりゃぁ。

お客さん！　どうですか？　ええ！　どんなもんなんですかねぇ？」

「……船もいいが、一日乗っていると（爆笑・拍手）、退屈で、退屈でぇ、あわわぁ～。こんなとき、碁でも打ってられりゃぁ、極楽なんだけどなぁ。この雪……、ああ、いいと

ころに笠があった。ああ、この笠がありゃぁ、なんとかなるかもしれねえからな。おう、おうい、これで何とか。この笠がありゃぁ、大願《てえがん》成就、ちぇー、かたじけねぇ」と、いただいたから、そのまま極楽行っちゃってね（笑）。

「何を喋ってんだよ、お前さん、本当に。くだらないことを言ってやがって。鰯をどうするの？　鰯ぃ！」（爆笑）

「煩せぇなぁ、捨てちゃえ」

「そんなこと言ってやがら、糠腐っちゃうよ。どこ行くの？」

「どこぉ、行くのぉ？　船を見送るような大きな声をしやがって、大きなお世話だ。この、バカ野郎め。これから、源兵衛と太助と一緒になってな、それから、錦のふんどし……」（笑）

「何？」

「いいから、……ええ、まぁ、そういうわけで、一つ、お供を願いたい」

「いやぁ、お供をするのはようがすが、羽織ぐらいは着ていただきたいと思いますなぁ」

（笑）

「ああ、さいですかなぁ。でも、こう見えても、これで煙管《きせる》を持つと、『はおりゃぁー（羽織）、着てる（煙管）～』

てなぁ（笑）。……え〜、如何でございましょう。その煙管、吸い口だけなくなってこの、いやあ（笑）、残ったそこだけでは、いや、何とか一つ、手前に安く売っていただきたいと思うんですが……、如何なもんでしょう？　屑ぃ」（笑）
「何を貴様、吸い口を売れと申すか？　屑屋のくせに。ええっ！　貴様ぁっ！」
「えええええ、ちょっと、ちょっと、ちょっと、待ち。ちょっと、ちょっと、ちょっと、ちょっと、ちょっと待って、ちょっと待って」
「貴様、何をいたす？　……ハックション」（笑）
「喧嘩はどうしたい？」
「前から、故障が入ったよ（笑）。胡椒がないから、唐辛子《とん》を使った」（笑）
「唐辛子ぃ！　さぁ、いけねぇっ！　別荘、別荘、別荘、別荘、別荘！」
「お宅のあれは偉いねぇ、この最中に別荘を作ったんだからね」（爆笑）
「ウチの人の働きじゃないの。町内の若い衆が寄ってたかって拵えてくれたようなもんなんだから」（笑）
どこまで演っても、キリがない、カァーッ（爆笑・拍手）。いくらでも繋がるんだね、こんなのねぇ。
「ここにある絵は何なんですか、これは？」

「これは、ああ、崇徳院様の絵でなぁ。
『割れても末に会わんとぞ思う』
　って、書いてあるんだ」
「ああ、なるほどね。こっちの絵は？」
「これは、
『千早ふる　神代もきかず　竜田川』」
　って、なんでもなっちゃうね。

『ずっこけ』へ続く

愛しきサゲの噺

二〇〇三年二月二十六日　神奈川県民ホール
第一七三回　県民ホール寄席『蒟蒻問答』のまくらより

【まくらの前説】
『六人の会』とは、二〇〇三年三月に、落語界の衰退を危惧した春風亭小朝、笑福亭鶴瓶、林家こぶ平（現・九代目林家正蔵）、春風亭昇太、立川志の輔、柳家花緑の六人で結成された落語家の会。

上がる前に楽屋に入ってきて、すぐ着替えて出てくるんですね。我々、〝駆け上がり〟って言うんですけどね。〝駆け上がり〟ってのは、時間の掛け持ちが忙《せわ》しないときに、承知で、いや、これ、仕事請け合って、ここへ行って、ここへ、ギリギリで入れるだろうとい

うときに、なんかよくやるんですよ。あたしの場合は、今日、ここ一件しかないんだから
ね（笑）、早く入ればいいんだけどね。

グズグズグズグズしてるんですよ。出掛けようとすると、こんなの思いついたり、こん
なこと演ろうかという、……「何で遅れるの？」って言うから、

「前の時間が楽しかったんだ」

という気障なことを言うんだけど、ほんと、自分で収拾がつかなくなっちゃうんです
ね。だから、うーっと駆け上がり。もっと、普段もそうだったんですよ。早く来て待って
いるって人もいましたね。そのほうが自分が落ち着くというの。そうかと思うとギリギリ
に来る。あたしみたいなタイプも他にもいましたです。

で、高座へ出る為の用意って全く何もないんだ。うん、勿論化粧なんかしやしないしね
（笑）。頭も、顔も、まあ、髭はあんまりボーボーだと剃《す》るけれども、昔みたいに髭生やし
て出たりなんかする場合もある。おれは、頭髪《あたま》でもなんでも、全部自分で刈っちゃうから
後ろから見るとバラバラですよ（笑）。こんな、これ、こんな切っちゃって（笑）。うん、
それでこの間、赤いのがあったから、塗ってみたわけ、部分《ここ》へね。ここだけ、赤いわけね
（笑）。あーあ、なんだかわけが分からない。

着ているモノはいっつも同じ、うん。ジーンズをとっかえひっかえ穿いている。すぐ皴

になっちゃうジーンズでね。それで、シャツに、ボロボロになるようなこんな変なジャンパー着てね。

「いつも同じ恰好ですね」

なんて……。

「ジャイアンツ見ろ、バカ野郎」(笑)

なんて言ってんだけどね。

ジャイアンツも、普段は背広なんか着るんだろうけど、だから、

「丹下左膳を見ろ」

でもいいしね。

「スーパーマン、見ろ」

でも、いいんですけど。

……写真ぐらい撮ったっていいよ、別におれは構わないよ(笑)。演ってる間は、よしとくれよ、落語に入ったらね。入る前ならいいけどね。

「録音録るな」

って、言ったって、皆、録ってんだよ、どっかでね(笑)。あれ、海賊版で高くなるんだよ、今にな。この間、にっかん飛切落語会ってのがあってね、あそこへ怒鳴ってね。な

んか言ったら、何のかんの言いやがって、

「なんか文句あるのか、お前」

って、言ったらね、うん。

「なんなら、何か言え、この野郎……、出て行け！　この野郎」

なんて怒鳴っててね。そういうの見た人は面白かったらしいですな（笑）。

落語界も、もうダメ、あんなもの、なんか知らないけど、六人集まってどうのこうのって書いてある新聞に。新聞たって、あたしのウチはね、下の家から一日遅れの新聞を届けてもらうの（爆笑・拍手）。新聞とってないんだよ、うん。

でね、小朝とか志の輔とか、六人ぐらい集まって会を拵える……、雑魚は群れたがる。それだけのもんなんです（爆笑・拍手）。おれがあんなことをやったらね、客が六分の一になっちゃうんですよ、わたしがやると（笑）。そりゃ、寄席の風情を味わうということね。前座が出て、二つ目が出てきたりなんかして、曲芸が出たりなんかして、それは、遊園地的な味わっていくのは、それが欲しいってのはまた別、うん。

と、そうでない場合はね、時代が変わっているから、その人だけでいいんですよ。わたしゃぁ、二人会をやると客が減っちゃうもんね。その分だけ、「嫌だ」って、客が。大阪あたりに行って、三枝（現・六代目桂文枝）……、三枝にもファンはいるだろうけど、少なくも、おれのファンは三枝と一緒にいる時間を嫌がるでしょう（笑）？　きっとおれのファン……（笑）。嫌がるよ、あんなもの。そこそこは認めてはやるけどね。どうやったって別にどうってこともないもんね。

新作落語はちゃんと拵えているけどね、……なんなんだろうね、あいつ……、評判が悪いんだよなぁ、来ねえんだよなぁ（笑）。勿論、（三代目笑福亭）仁鶴なんて、どうにもならないほど評判悪くってね。小三治もそうなんだよ、あんまり、評判よくないんだよなぁ。おれは、分かるんだよ、なんでだっていうのがね。

（笑福亭）鶴瓶なんていいんです。面白くってね。まあ、いいやぁ。あ〜、そんなとこか（笑）。あの中では志の輔がいいんじゃないかと思うんですがねぇ、どうかなぁ？

え〜、上州……、あっ、『蒟蒻問答』って落語だ（笑）。サゲから演ろうか？　サゲから演ってもしょうがないからね。サゲから演る落語ってのもあるんですよ。なんだっけかな？　『死ぬなら今』とかね。落語ってサゲから出来てるのかなぁ？　ストーリーから拵えて、サゲが割とセコくて、サゲがよくて、こっちからのほうがいいかなぁ。まあ、一番いいサゲはなんだろう……、まあ、『あたま山』みたいなやつか……。

あのう、さくらんぼうの種を飲んで、うん、飲み込んじゃったら頭から桜が出ちゃったって奴ねえ。で、これ木が見事になって、皆、花見に来て、「煩せえ」からって引っこ抜いたら、ここへ窪みが出来て夕立に遭ったら水が溜まっちゃって、そこへ魚やなんか集まってきちゃって、皆がそこへ釣りに来るようになって、あんまり煩せえからって、その池へ身投げして死んじゃったって噺があって（笑）。……あの『目薬』なんて、誰がどうやって考えるんでしょうかねぇ、ああいうの？　眼が悪くなって、女房《おっかぁ》に言って、

「目薬買ってこい」

と言うと買ってきて、

「なんて書いてある？」

と言うと、

「めじりに耳かきでつけろ」

って書いてある。「め」を「女《め》」っていう風に読んで、

「『女尻《おんなしり》につけろ』って書いてあるわよ」（笑）

「じゃあ、お前《めえ》の尻につけて……」

「何言ってんのよう」

「粉薬に書いてあるんだから、そういう風につけろ」

って言うと、じゃあ、

「嫌《や》だよ」

って、……ちょっと艶笑がかっている噺ですけどねえ。尻っぱしょりすると、そこへ亭主が、

「どれどれ、これかぁ、分かった、分かった」

って、お尻のところに、

「もう、くすぐったいよぉ、本当に。早くやってくれ、恥ずかしいから」

「大丈夫」

って、くすぐったいからって、力入れたら、一発おなら、ブウってしたから、粉薬だから、ぱぁっと散っちゃって、それが亭主の眼に入って（笑）、

「あ、こうやってつけんだよ」

って（爆笑）、誰がどこで考えるんだろう、バカみたいの（笑）。えらい奴がいるんですな、こういうの考えるってのは。一所懸命そういうの考えているんだよ。

『義眼』がそうでしょう？　あのう、眼が悪くなって、

「じゃあ一つ、眼を綺麗に洗いましょう」

なんて言ってね。それで、眼を洗うんだね。それで、眼の中に入れるんだね。で、

「これは寝るときは要りませんから、水のところに浸けておいてください」

なんて言って、それで遊びに行って、茶碗だかなんかのところに自分の眼の玉を入れて

おくんだね。と、隣の、まあ、廻し部屋みたいなところだから、隣の酔っ払いが喉が渇いて、襖開けて入ってきちゃって、その眼の玉を飲んじゃうのか。水と一緒に、ごくんって。志ん生師匠が、

「うぅん、水の塊を飲んだのは、初めてだよぉ」

って言って（笑）。よくあれ、氷ってのがあるんだから、別に水の塊、中国語でピンクゥアィって言いますよね。氷の塊、……え～、水の塊で。あっ、水か？　ピン、氷の塊、ピンクゥアィ。まあ、いいやぁ。それで、それが、通じがつかなくなっちゃうわけね。要するにウンコが出なくなっちゃって、苦しがっていると奥さんが、医者へ連れて行くと、

「じゃあ、出ないというのは、何か詰まっているものがあるかもしれませんから、見て、みますから」

って、

「それじゃあ、ちょっと後ろを向いて、まくってください」

あれは、志ん生師匠のがよかったね。めくって、うん、

「随分、毛生やかしましたね？　コオロギでも飼おうってんですか？」

てのがよかったね（笑）。ありゃぁ、凄いねぇ。

「こういうお尻を山の中で出していると、狩人に鉄砲で撃たれますよ」

なんて言うのがあって（笑）。

「じゃあ、見てみますから」

なんて言うんで、御主人のお尻のところをこうやって、眼鏡を入れてね、長いの入れてね、

「やぁっ！」

って、驚いて。先生、表へ駆け出して、奥さん、あとを追っかけて来て、

「先生、どうしました？」

「驚きました。お宅の御主人のお尻の穴をこう見てましたら、向こうからも誰か見てました」（笑）

こういうものを考える奴は凄いな。

『蒟蒻問答』のサゲも、割といいほうの、Aクラスに近いサゲに入ると、わたしは……。A、B、C、Dと分けて、Dってのは、くだらないですね。

「一本のお材木で助かった」（『鰍沢』）

なんて、言うねえ（笑）。

「ニタリ、ニタリで、ああ、これはしたたり」（『十徳』）

だとか。そういう、ああ、……。だけど、ダジャレもあんまりバカバカしいと、いいですよ。

「どこと、どこを打《ぶ》たれた？」

「孝行糖《こうこうとう》、孝行糖」

なんていうのはね（笑）。あーりゃぁ、凄いんですけどね。

上州の安中の在に、蒟蒻屋で六兵衛さんという……。

『蒟蒻問答』へ続く

思想の奴隷

二〇〇五年十一月二十九日　神奈川県民ホール
第二〇四回　県民ホール寄席『粗忽長屋』のまくらより

【まくらの前説】

二〇〇五年十一月十七日、建築設計事務所の一級建築士による地震などの安全性の計算を記した構造計算書が偽造されていたことを国土交通省が公表。耐震偽装問題が大きな話題となった。

二〇〇五年七月二十三日、千葉市付近を直下震源とする千葉県北西部地震が発生。東京は広い範囲で震度五弱を観測した。首都圏各地でライフラインが止まり、交通網も夜半まで麻痺する事態となった。

映画『シェーン』（一九五三年　アメリカの西部劇映画）のラストシーンで、子供が「シェーン・カムバック！」と叫ぶ有名なセリフがある。

ちょっと今日は、感慨深きものが我にありましてね。そんな話をしながら進めていくつもりです。え〜、実は六十代最後の独演会なんです。二日が誕生日ですから、一日はテレビのほうへ行きますんで、高座がない。それがどうしたのか？　どうってことないじゃないかと（笑）、別にその、会社で言う定年云々というのはないわけですから、やる気ならやってられるわけですから、珍しくその区切りみたいなものに意識を持つようになったというのは、……それを話そうとするんですけれど……。

色川武大が……、わたしを深く知ろうとしている人はよくご存じだと思うんですが、「談志の奴が」、「談志の奴」とは言わない。お互いに「兄《あに》さん、兄さん」と言ってましたけれどもね。「六十代にターゲットを絞っているはずだ」と、こういう発言を脇から聞いたんです。そのときは別にどうっていう会話でもないから、聞き流していたんですよ。で、それがここ二年ぐらいガクンと来まして、……ガクンというのは体力です。知力はまだそうでもないんですが、体力が落ちています。え〜、それで、落語を演ってて、勿論ここまでやってきた手練れの芸人ですからね、観客に尻尾をつかまれるようなことはしません（笑）。手練れの聴き手が聴いても「どこが悪いの？」って言うぐらい、というぐらいのものは演るんですけれども……。自分自身の中では連戦連敗なんですよ、ええ。

で、その理由はなんだって言うと、これは皆さんもそうだろうけど、段々歳とってくると肉体と精神が離れてくるんです。元々離れていたものが、くっついていたように見えただけなんですけどね、若い頃は。分かり易く言うと、

「仕事をするんだよ」

っと、肉体に言っても肉体は、

「もう、疲れたよ」

て、こう言っているんです（笑）。本来は嫌いなんです、肉体は精神のことを。最初のうちは言うことに動いていることがそれほど不自由じゃなかったけれど、え〜、段々段々嫌いさが顕著になってくるんですね。いい例が、

「駆けろ」

と言っても、駆けないから、精神は肉体が嫌だし、肉体は肉体で眠いのに起こされて、「独演会演ってこい」って言われるから、余計、やっぱり、嫌でね。これが段々段々離れて、どうするかって言うと、肉体が患っちゃうと。……それとも患っちゃって病院に入っていると、しょうがないから精神は一緒にそこにいますね。で、ここで安定するのか？と、もう一つは狂気ってやつですね。どうしても肉体が言うことを聞かないと精神だけ

一人歩きをして、どうしていいか分からないような行為をする。肉体が付いてこない行為をするからね。それを見た奴が、狂気って言うでしょうね。だから、狂気になるか、患うか、この二つですよね、今、わたしのところはね。

もう一つ、自殺っていうのがあるんですけれどもね……。ふぁっとその気になるんで、あんまり高いところへ行かないようにしているんですけれどもね（笑）。うーん、高いところって、ついでに寿司屋の高いところも行かなくなった（爆笑）。え〜、元々行きませんがね。そんなような状態ですよね。

で、まだどっかでその、わたしの精神が肉体に、鞭打って「やれるよ」って思っているんですよ。……やれないんです、ええ。で、最初の頃は、酒飲んで、睡眠薬を飲んだりして、体力を充実させて、うろ覚えでもそこそこ何とかなって来たんです。むしろうろ覚えのほうがいろんな部分のアドリブが入ったりして、そのときの雰囲気が……。それで、具体的には四、五年前の町田で演った『居残り佐平次』だとかね。王子の北とぴあで演った……鮮明に覚えています。自分のことでも。いつも演っている落語ですが、『笠碁』だとかね。京王プラザの独演会の『つるつる』だか、この『居残り』だか、その中に『子ほめ』だとか『千早ふる』だとか、そういう軽いネタもあるんですけれどもね。「やりやがったな！　我ながら」と思うネタが、ネタというか出来があったんですけどね。……

うーん、そういう愚痴をここで言うようになったら、もうダメだと思うよ（笑）。……これはあくまでも、愚痴です。

「どうしてくれ」

って言ったって、どうしようもないんですから。自分で考えるわけですから。

ついでに言っておくと、ものごと、「どうすりゃいいんですか？」って言ったって、どうにもならないですよ。ええ、そんなもの、最後は自分で……、「どうしたらいいんですか？」ってのは、気障に言うと思想の奴隷だね、これね。自分で考えるから進歩じゃないんですか？　自分で考えて苦しんで、これは進歩ですよね。それをしないで、向こうの言うことを聞いて、……ガキじゃないんだからね、うん。だから、日本中今、自分の思考ってのがないんでしょうね。完全にマスコミの奴隷みたいになって暮らしているんじゃないですか？　この場合、テレビとか、……うーん、そんな気がしますね。それじゃ日本人の礼儀ならいいのか？　って言うけど、それもどっちかというと形式的には同《おんな》じね。ええ、日本教も同じみたいなものですよ。だから、それは価値観が定着している内はいいですよね。「親には孝を」、「君には忠を」なんて、定着しているうちはそこでいいけど、それいつ変わるか分からないでしょう？

「孝行のしたい時分に親はなし」

なんて言ったけどね。今、親はいるんだ。いつまでもずっとな（笑）。

「どうぞ、親孝行してやってくださいよ」（笑）

なんてね。そうするとこの価値基準が、もろにひっくり返ってくるわな。だから、そこで困っているわけでしょう？　老人をどういう風に遇するかっていうか、御するかってことですよね、……働いている人間が。と、昔流に、

「親じゃないか、手前《てめえ》で面倒見るのが当たり前だ」

という、こういう日本教で来る場合もあるわな、ああ。そんなのひっくり返っちゃったよな。昔だったら、そんなの……親を粗末にしたら、世間が許さないよね。今はそんなことはないもん、そんなことをやった日にゃぁ、えらい目に遭うし、明日は我が身だと思うから、やらないんですよね。

だから、今、価値基準が非常に反対《こう》なっているところで、どっかでその委ねているところをね、探しちゃいかんですよ。自分で作らないとね。ええ、そう思ってね。

ですから、あたし近頃困るのはね、若い頃から古いことを知ってましたんでね。古い言葉を遣ったり、粋がってね。それから、古いことを知っていることを、……これ知識です、これね。「あの映画のあれは、こうだなぁ」なんという、それが凄《すげ》え我ながら「どうだ！」と言わんばかり……。今何気なく、ふぁ、ふぁ、ふぁ、ふぁっと喋っている。

「アッ！　これは浮き上がっちゃっているなぁ」と、……うん。まぁ、具体的に、今、話をしますけどね。

それで、さっきの話の続きなんですけど、六十代をターゲットにしたという、色川武大の眼は、見事に正に慧眼《けいがん》なんですけどね。で、それはまあ、満で言うとね。十二月二日で、七十歳になります。日に日に衰えていくのが自分で見えます。前は見えなかったもん。

それにしても煩いね、やれ、煙草を吸っちゃいけねえとか、そのどうのこうのと（爆笑）。好きな奴は、録音機《まわし》て録ってるよ、上手に（爆笑）。「ご協力願います」って、「ご辛抱願います」だなぁ。

だから、わたしのあの『大笑点』ってエロ雑誌に載ってた集大成なんか上手いのありましたよね。禁煙、禁煙ってうるさいでしょ？　今。それに対して、煙草を吸うほうの意見をっていう問題を出したら、「紫煙、カムバック」ってのがありましたね（爆笑・拍手）。カムバック、紫煙、うん、ジョージ・スティーブンス。で、そういう話をフッとするんですよ。ジョージ・スティーブンス、これはまぁ、つまり監督ですわね。と、それは、今その言葉が古いんだ、もうね。余程映画を知っている方は別だろうけれども、それにフッと気がつくんですよ。ああ、それは言葉でもね。

「行かなくってよ」

なんて言う、ああ、もうこんな言葉は、今はちょっとトーンとしても合わないんじゃないかとか。

「沙汰の限りだよな、あんなものは」

沙汰の限りなんていう古い言葉を言っている。古い言葉というのも分からないんじゃないのか。それから考えてみて、どのくらいまで通用するかと。世代的にっていう意味で。で、あたしの世代。昔ねえ、若い頃にね、「三代目は上手かった」、これは〝小さん〟ですね。豊島銀之助。「三代目は上手かったなぁ」とか、やれ「（橘家）圓喬がどうのこうの」ってのを聞いてね。そんな話をしていた。あたしは、その頃、現役のバリバリの志ん生、文楽、金馬、こういうのを聴いて、

「今におれたちも自慢してやろう。おまえら、志ん生や圓生、文楽、金馬なんてえのを知らねえだろう」

と、

「『柳好を知らねえだろう』と、言ってやるんだ」

と言った。その通りになった。で、下手すると今の若い奴らはね。

「おまえ、談志を聴いてねえだろう」

ということになるわけだな（爆笑）。内容的に言っているわけじゃない、形式的に言っ

てるだけだから心配ないすよ。

　それで、その問題なんですけどね。であたしがその、文楽、志ん生の世代に対して、勿論リアルタイムで付き合っていたわけですから、で、その前の三代目小さん、プロだから、落語家だからね。落語家だから全部というわけじゃない。あたしの場合、数の上からは特殊ですけどね。そういった、ファンである部分が強いですからね。上のほうと、三代目小さんの、フッと本名、豊島銀之助というぐらい、そういうのを知ってるからね。……ええ、でももう今の人に、今のわたしよりも若い四十代、三十代に、……志ん生どうかな、圓生っていうのは、……やっとだな。ということは、じゃあ、わたしが、まあ、志ん朝でもいれば、「談志・志ん朝」と、なんて言われたんだけど、まあ、それはこっちへ措いといて、内容が全然違うからこっちへ措いといて……。

「談志を観たんだ」

　と、こうしますね。と、若い世代も見てますね。だって、今は、二十歳だって観られるんですから。それで、その「観たよ、談志」というのを次の世界に、わたしを観たことがない次の世界に、これはすべてのことと共通することを言っているわけですよ。……ええ、すべてのことと共通するんだけど、おれが他の話をしたってしょうがないでしょう?

　譬え話に、

「大根の葉っぱで、譬えますとね」

なんて言っても、しょうがないから（笑）。と、それはね、観てなくもね、親の世代が聞いててね、

「へえー、談志ってのは、そんなこと言ってたの。あんなこと演ったの。へえー」

って、これはことによっては残る！　……もうその次はダメだ。どうやってもダメ。

……うん。だから、余程わたしみたいな……、また時代も他に娯楽がなかったせいか、

……だから、三代目小さん、志ん生、三代前、一代、二代、もう、圓朝のところの世代は、もう分からない。圓朝だ。（桂）圓枝だって世界が分からない。

うん、だからね、まあ逆に言うと三回忌だとか、もっと言えば四十九日、これはまあ、別にして、三回忌だとか、十何回忌って、あれはあの「忘れないでくれよな」って、やがて自分もそこへ行くんだからねって、そういうことでね。その願いを込めた一つの儀式なんだろうけどね。ええ、それらを含めて、よく、「談志を聴いててよかったな」と思うだろうと、なんていうぐらいの芸を演ったこともあるし、勿論酷いのも随分ありましたけれど。

「芸の神様って、どうしてこんな残酷なことをおれにするんだ」

って、腹が立って、……言いようがないけどね。そう怒ったこともありましたけどね。

まあ、自分のせいなんですけど。よく考えると、たいして……、なんか最後の舞台みたいな感じになってきました（爆笑）。

分かんないよ、そりゃぁ。今晩、逝っちゃったりなんかするとね（笑）。少なくも、ここでは死なないですよ（笑）。

「芸人が舞台で死ねれば本望だ」

なんて、冗談じゃねぇ！　こんなところで（爆笑）、嫌だよ（笑）。まだ、ここより餃子屋で死んだほうがイイかもしれない（笑）。

で、その三代しかもう分からないだろうというのを、前提の上に措いてね。うん、いろんなことに気がついてくるんです。……だから、あたしの存在も、もう三代後《あと》の人間、実際にはいるんですよ、生きてますよ、この場合。ええ、生きてても、あたしからくると三代後《あと》、二代、三代、もう、分かんなくなってきてる。

だからね、フッとその、同じようなことを言っているようですけどね。前はねえ、ちょっと難しいことを言ってもね、難しいって古い言葉ですよ。言ってもね、「なんとかなるだろう」っていう自信の裏付けみたいなものがあったんですけどね。今はどうにもならないっていうね……、

「そんなことは、ないだろう？　家元がどうにもならないっていう日には、伝統芸能が成

り立たなくなっちゃうよ」

って、言うかもしれませんよね。……うん、伝統主義じゃありませんからね。伝統芸ですからね。他の奴らは、伝統主義といって昨日よければ、今日もいい、明日もいいって、ただ繰り返しているだけですよね。それからなんか芝居噺なんぞ、いい歳こいて、若い奴らも演ってるよ、あんなもの（笑）。あれは伝統主義といって、面白くも何ともない、おれにとってはね。まあ、自分の趣味はこっちへ措いといてね。

よくね、昔は冷蔵庫なんてなかったですからね。ある家は本当にあの、珍しくて、頼むのが嬉しいもんだから、

「（主婦の声で）氷屋さん、一貫目」

なんて胸張ってたね。氷屋のほうも、ギーコギーコ切って、ひっくり返して、ピンっと氷を撥ねると飛ぶ。この氷の小さな塊をとって舐めて、……ここまで喋って客に向かって、

「そっちも、覚えがねえとは言わせねえぞ」

なんていうのはね（爆笑）。今日は年齢が高いから、割とあれなんですけどね（笑）。

……うーん、それがもう分かんないだろうというようになってきましたね。

だから、これもそうなんですね。年齢は、おれは高くなかったんです。自分の年齢よりも遥かに低い観客と、同じだと思っていたんです。あたしね、三十過ぎてね、四十近くに

なってやっと高校生が年下に見えてきたんだね、おれね（笑）。変な言い方だけどね。そのぐらい若く幼かったんですけどね。だから、まあまあ、そういうような状況でね。

体はまあ、医者がいなきゃ元気なんですけどね（笑）。医者が「悪い」って言ってるだけで、おれはなにも悪くないんだけどね。そこそこたいして飲むわけじゃないけど、適量の酒が飲めて体は柔らかいし、ピタッと着いちゃうよ、床《ここ》へ足が（笑）。うーん、白髪もないよ（笑）。まあ、勃《た》たないこともないけど、それは持続しないからね（笑）。フーテン老人になる手はあるだろうけどな。具体的に言うと汚いから言わないけどね。

医者がおれの顔も見ないで、「ああ、数値が高《たけ》えや」って、こう言ってるだけで（笑）。それで、おれは形式的には文化人よ。うん、あの文明ってのは、一番先端にやっているることね。工学でも医学でもね。残されたものに潤いを与えるのを、これを文化って言うの。だから文明は文化に返さなきゃいけないんですよ、金銭的にもなんにしろね。文化人が医学という文明に怯えてやんの、数値に。ああ、数値が悪いとこれもいけねえのか、あれもいけねえのか。

うーん、我ながら忸怩《じくじ》たるものがあってね。いっそのこと、本当に、今、死んじゃったら楽だなぁと、そう思いますよ。こんなに世の中にモテまくっているのにね。ええ、人間ってそんなものだと思います。

だからジョーク一つとってもそのねえ、……ジョークってみんな古いんですよ。そうは、新しいジョークなんてないんですよ。ないけど、古いのをどういう風に引っ張り出してくるかってことなんだよ。で、引っ張り出せると思っていたんですよ。そのうちにまず出せなくなってきたのはね、ロシアン・ジョークね。ロシア。あれはまあ知っての通り共産党の独裁だから、共産党以外のものはまあまあ認められないし、したがって言論も不自由であると、で、モノがないと。そういうところから攻めてきますよね、ジョーカーたちが。モノが悪い、粗悪、ソビエトのマッチ工場が丸焼けになっちゃって、焼けなかったのはマッチだけだったなんていう（笑）。凄まじいな。

「どうだい？　景気は」

「少なくも、明日よりはいいだろう」（笑）

って、いうね、そういうもの凄さがある。……モスクワの女とパリの女が会って、

「パリの女性はパンティを一人平均何枚持っているんですかねぇ？」

なんて、言われて、

「いきなり言われても困るけれども、まあ、最低七枚は持っているんじゃないですか、穿き替えますから、月、火、水、木、金、土、日とねえ」

「モスクワの女は十二枚持ってますよ」

「そうですか?」

「はい、穿き替えますからねぇ。一月、二月、三月、四月……」(爆笑)

あーあ、こういう、(客席　ハハハハ)……笑いもいろいろ趣味というか(笑)、もっと強く言えば、笑いにも字間があるということに気がついてね(笑)。だから、そういうモスクワのそういった頃のジョークはもっと鮮明だったですよね。

宇宙飛行士の家に西側の記者が来てね。と、子供が出て来て、「パパもママもいないんだ」って言うんだ。

「どこへ行ったの?」

「パパは宇宙だからそのうち帰るけれども、ママは買い物だから当分帰らない」(笑)って、言う。これは、我々が聞いていると女性は購買力というか、「買い物が好きで」ってことのギャグじゃないんだね。品物がないからずぅっと帰ってこない。こういうジョークなんだ。だから、ロシアのジョークももう、うーん、まあ、こういう前提をふって古くなりましたなぁということになって、ええ、まあ、演り方によっちゃあ、非常に狡猾な演り方ですけどね。別にそれを売り物にしたわけじゃなくて、時間を埋めちゃったことだけは確かですけどね(笑)。埋まっちゃったことはね。そうやってやることは一つの狂気の材料にはなるけどね、その後のロシアジョークを言ったって、もう、ギャップがあって、どうにもならないでしょうね。ただ、ギャグならギャグとして面白いけど、うん。

「少々伺いますけど、あのサムエルさんのお宅は……」

「はい、こちらですけれども」

「サムエルさんのお宅？」

「そうです。何でしょう？」

「（辺りを見回して）……雨の日に外へ出るな」

「はあ？」

「雨の日に外へ出るな」

「ああ、あんたの捜しているのはスパイのサムエルさんでしょう？　三軒隣ですよ」

なんて言われてね（爆笑）。こういうのが、わぁーっと……。あのねえ、ロシア・ジョーク、山のように知ってますけどね。

これがまあ、ブレてくるってことね。自分の中でね。……ブレを解説しながら昔を懐かしんでるんじゃ、しょうがないね、お互いにね（笑）。うーん、でも、それも一つの手かもしれないですね。

と、今度は男女間が違ってくるんですよ、これ。だってね、フッと思うことが三十年、四十年、……こっちは二十年ぐらい前かなぁと思うと、ボオーンと……。具体的に言えば、この間、……この間ってのがもう古いんだからね（笑）。テレビ、まぁ、風景、街が流れていて、街といっても、まぁまぁ、田舎でもいろいろ、で、そこに曲がかかっているんですよ。都はるみの『アンコ椿は』、えっ、「三日遅れの……」ってね。ああ、あの頃から三日遅れてないですよ、大島の便りなんてものは、あんなもの、嘘なんです。『摩周湖の夜』の曲だけ流れているの、布施明のね。布施明まだ生きている。都はるみも生きてるものね。こんな前かと思うと、もう、ウチの前は長屋で、露地で、そこで子供が真っ裸で、裸当たり前で、行水つかって、泥合戦みたいの……。ほぉー、この歌に対しては、そんな古いとはあたしも、古いとは思うけど、それほどとは思わないけど、そんなに古いんだって驚いてね。そういうことのもう連続になってね。全部捨てた。小泉（純一郎・首相）も興味持たない。プロ野球も捨てた。サッカーなんぞ、あんなもの。あれは囚人の遊びでしょう？　でしょう、あれ。手を使えないって（爆笑）、足と頭でやるっていうの（笑）。うーん、だと思うよ、発想が。貧乏人がやるもんだよ。球一つで遊べるしね。

まあ、すべてが対象外だから、まあ、いい、今はジョークの話だから。フッと今、知っているのは、アレだけだ。耐震っていうか、震度五で倒れちゃうような住宅を作った奴がいる（笑）。手抜きだって、手抜きはやるよぉ～、おれたちだって手抜きやるもん。舞台だってよく手抜きやるもん（笑）。独演会だとそうはいかないけどね。手抜きやってな

かったらいられないくらい、時間がなかったりなんかしてね。選挙の応援なんか行くといつも、……符牒でね、

「札幌でいきますか？」

札幌に狸小路ってのがあってね、それは手抜き工事の洒落なんだけど、あんまり面白くない（笑）。「札幌でいこうじゃねえかよ？」

いい悪いなんて言ったってしょうがないよ。今日もテレビで解説しているような奴がね、

「もしこれが自分の妹さんの家だったら、果たしてこんなことをやりますかね？」

バカじゃねえかこいつは、あんなもの（爆笑）。あんなもの、対象にしたってしょうがねえじゃないか！

「ああ、人殺ししましたけど、あの人は何ですか、自分の最愛の者を殺しますかね？」

って、殺すわけねえじゃねえか、そんなもの（笑）。昔、こういうのがあったですよ。

「談志さん、何が好きですか？」

って、言うから、

「火事が大好きなんだ」

「自分の家が燃えたら、どうするんですか？」

って、言いやがんの。

「手前《てめえ》、バカじゃないか？　火事ってのは他人の家が焼けるのが火事っていうんだ、バカ野郎（爆笑・拍手）。手前の家が焼けるのは災難とかなんとかいうんだ」（爆笑）

で、一級建築士がそれをやったんでしょ？　頼まれた覚えはないって言っているんでしょう？　頼まれた覚えがあるかないか知らないけど、やったことだけは事実ですよな。誰が悪いかって、許可した奴が悪いんだよ、一番。悪い奴を見つけると自分の正義を、叫ぶ、叫ぶ（笑）。正義なんざあるものか。では具体的にどれほどある。

「もう心配して、いられません」

心配していられなきゃ、とっとと出て行きゃいいじゃねえか。あとは、金だけの問題だよ。命が金で替えられるか、本当に。金なんぞ要らないで逃げ出すよ。何が言いたいかって、震度五なんてなんでもない、あんなものは。おれこの前夏の地震が来たろ？　震度五ってのがね、ブーンと。あれ、浅草のね、「雷おこし」ってセコな土産屋のね、会館があるんだよ。雷556《ごろごろ》会館って、名前からいってセコい（笑）。そこで、落語演ってているうちにがガクーンと来やがった（爆笑）。客が慌てたから、おれはすぐに『反対俥』かなんか演ってたけどね（笑）。556会館が潰れないんだから、大丈夫だよ（爆笑）。じゃあ、（震度）七が来ねえって保証があるのかいって、言いたくなるよな。あーあ、そんなものね。

分かるけど、どっかで客観的にね、むしろね、これをネタにね、「強請《ゆす》ってやろう」かって奴のほうが、おれは了見としては好きだね（笑）。分かるね、スッキリしてるよね。それを正義の名を借りてね、自分じゃなんにも出来ないくせに、「どうしたら、いいんですか？」って。さっきも言ったけど、知らねえよー。物事に「どうしたらいいんですか？」ってそんなもの、それを放棄したら言葉の奴隷じゃねえか、そんなもの。思考ってのは、手前で考えるからでしょう。難しいけど、手前で考えてくるから、その思考っていうのは進歩なんですよ。それを身の上相談じゃねえけど、「教えてくれ」なんて、どうにもならねえと思いますけどね。

で、もうやめますけどね、今日はね、そういうわけでね、この間ひとり会でも演ったんですけどね、……え～、一癖の言い方をするとね、立川談志、落語家として、生涯の最後の納めの一席です。『らくだ』演ります。最後にね（拍手）。で、これが、とりあえずいろんなある中からこれで締めて演ろうと、思ったんです。その前は『粗忽長屋』を、これを、この二席を、わたしとしてはピリオドのつもりで……、まあ、辞めるわけにもいかないから、ボソボソ演っているだろうと思いますしね（笑）。演った中で、

「何だい？　横浜で演ったより、よっぽどこっちのほうがいいじゃねえか？」

ってのが、あるかもしれませんが（爆笑）。だって、これからよく出来るとは思わない

もんね。今日は自分の意識の確認のために演る。すべてそうなんですよ。客を喜ばせようと思ってやる奴は、ロクなもんじゃないですよ（爆笑）。自分の考えてきた思考、自分の考えてきたそれを技術に乗せて、「おれを聴こう」っていう観客だから、伊達な客じゃねえだろうと、そこでどれだけ分からされるのか？　分かってもらえるのか？　これが、芸人の態度なんですよ。これをねえ、客を笑わせようなんてね、「笑わしてやろう」なんてね、おこがましいですよ、そんなもの。そういう奴が出てくると笑うんだ、バカだから、皆。そんな「笑わしてやろう」って、手前の程度でもって、誰が笑えるかい？　この野郎って、まだ。

これも時代が変わったからしょうがない。（高座に）出てくるとね、手なんか叩かなかったですよ。拍手《たた》くのは知ってる奴、

「おい、俺、待ってたんだ！（拍手）」（笑）

それだって、ダメなときはダメで、帰りに拍手《たた》かないですよ。逆になんだか知らないけど、こうやって聴いてて、いい場合は、

「（拍手）おお、いいよ、お前は」

って、こういう拍手だったんです。今はまあ、ええ、エチケットがいい、礼儀がいいっていえば、それっきりですけどね。

え〜、価値基準がスコーンと変わると、えらい目に遭いますよ。自分で思考していないとってことです。だから、ジョークもソビエトじゃ固いから男女の話もちょっと入れますけどね。じゃあ、古い新しいってことで演りましょうか？　まあ、あの、女が強い、強くなってきちゃったってことで、昔みたいに男が強くなったっていうのが、強がってどうのこうのっていうギャグがなかなか出来なくなってきちゃったこと。

例えばね、酔っ払って帰ってきてね、女房に分かられるのが嫌だといって、元気のつもりで、素面《しらふ》のつもりで、女房《むこう》にそう分からせようとして、ソファーへ座って本を読みはじめるんだよな。で、女房が見てて、

「……電話帳を閉じて寝たら？」

ってのがある（爆笑）。さ、この電話帳がどのくらいだってことだな。笑いがあればいいんだろうってことだろうけどね。ああ、そういうことなんだよ。で、このジョークもどうかな？　次のね、……これ、本当は、今流に直せば娘と母親とか父親でいいんですけどね。これは今流に直すともっと古く感じるから、夫婦にしたんですね。

「お前いつも電話が長いんだよな。黙っていると二時間も三時間も喋っているんだよ、おまえ。今日の電話は短かったなぁ、三十分だったな？　おい、ええ。誰からなんだ？」

「間違い電話よ」

ってのがある（爆笑）。これは携帯電話ってことですよね？　だったとすると、……ちょっとギャップがありますね。これはおそらくダイヤル式の電話のイメージでしょう？それは敏感過ぎるかもしれないけれど。あたしはそこまで考えちゃうんですよね。で、ダイヤルだと、だから、あの、よくあるじゃないですか、人気の、小泉さんの支持率どうのこうのって、ええ、あれ。あれ、携帯にかけてきてないよ、おそらく。あれみんな一般の電話にかかってくると思うよ。家《うち》にいるのは爺《じじい》と婆《ばばあ》だ、ハッキリ言うと（笑）。うーん、だから、あれの支持率ってのは、婆・爺支持率っていうのなら、分かるよな。それ《これ》が悪かったら、（毒）蝮《まむし》支持率とかな（笑）。蝮派支持率とか何とかいってな（笑）。

そういう、その、ギャグもね。本当に古くなっちゃうと、おれ、好きなの。

「ウチの人、パリからチンチラ買ってきたのよ」

「ペニシリンで治るわよ」

ってのがあるんだけどね（笑）。チンチラの毛だとかね、ペニシリンなんというそういうのが絡む、こういうジョークが好きなんですけどね。え～、だから勿論今でも。これはまあ、笑いがないからいくらか、これこそサービスですけどね。

「ガタガタ言わないでよ、本当に。何よ、そりゃ確かにあなたの言う通り、あなたの稼いだお金をみんなわたしが使っちゃうわよ。ザブザブ使っちゃう。湯水の如く使います！

……だけど、別に、わたし、他に道楽何もないじゃないの？」

ってういうのがあるんだけどね（笑）。

「若いんだから、夫婦喧嘩よしたほうがいいよ。よしなよ。どっちが悪いの？」

「この人が悪いのよ、あんた。ええ、殴り返してきたのよ」

なんていうのがあったよ（爆笑）。

「奥さん、旦那さんはだいぶ精神的に、こう、参ってますから、今、精神安定剤を差し上げますから、奥さんが飲んでくださいね」

なんていうのが……（爆笑）。そういうようなジョークに対して、男のほうのジョークが入ってくるわけね。

「どうしたんですか？」

「ウチの人、本当に……、夕食のときにビール持ってこいって言うんですよ」

「何本？」

「一本」

「一本ならいいんじゃないですか？」

「それで殴るんですよ」

っていうのがあった（笑）。こういうのは好きだね、おれは。これは、まあ、いい（笑）。

こんな感じが、形式が定着してしまったら、当人も些《いささ》か照れているんですけどね。形式の集大成みたいなことで、今日は、まあ。……殆どね、弟子が演ってますよ。全部とは言わないけど、ある部分を志らくとか、ある部分は談春とかね。それから、総合的にも志の輔のいいのなんて、「文句なし」っていうぐらい、いいの演るしね。満点、うん。手法はみんなおれの影響なんですけれども、やがては彼は自分のものを作ってくるだろうと思うしね。もういなくも大丈夫だろう。大丈夫ってことはないけれども……。むしろ、「辞められるかな」って疑問が自分にはありますけれどもね。

え〜、『粗忽長屋』という落語で、これがわたしがまあ、若い頃に作ったというか、換《かん》骨奪胎《こつだったい》というほどじゃないけれども、まあ、「粗忽じゃないんだ」っていう落語なんですけどね。

『粗忽長屋』へ続く

談志を見たことが大事になる

一九九八年五月二十五日　神奈川県民ホール
第一一二一回　県民ホール寄席　仲入り後『つるつる』のまくらより

（客席の中の子供を見つけて）

子供連れて……、子供のウケるネタもあるんだけどねぇ（笑）。我慢して、ねっ（笑）？

まぁ、あの、なんていったらいいのかなぁ、「談志さんを見たよ」っていうのがね、三十年ぐらい経って、二十年でもいいや、その頃、いないんだから（爆笑）。うん、彼女が大きくなって、何かのときに、

「あたし、立川談志を見てんだぁ……」

「だって、あなた小さい……、年齢的に合わないじゃないの？『談志が死んだ』ってネタじゃないけど、確か一九九九年かなんかに（笑）、死んでんのよ、あの人、癌かなんか

が再発して……。そのとき小っちゃいじゃないの？」「母さんに連れて行かれて見てるのよねぇ、県民ホールというところで……」（笑）それがとっても大事なことになる（爆笑）。……書いといてあげようか？　ここへ（笑）。「本籍は？」

なんだか分からない（爆笑・拍手）。

なんていうのかなぁ、非常に自分勝手というか、まあ、当たり前なんですけどね。エゴイストなんでしょうけど。これならウケるだろうっていうねぇ、出来上がった……、三回演ると飽きちゃうんですよ、落語っていうの……。忘れた頃、二年ぐらい経つとまた演ると、思い出しながら演るから、「一回目はまぁ酷いけど、二回目がどうやら、いいなぁ」ってそういう感じなんですよね。

だから、なんていうのかなぁ、『野ざらし』を聴きたいって人もいるんですけどね、ダメなんですよ、ご勘弁を願いますがね。

だから、毎度言う、自分で演ってて、……大体、スジは知っていますよ。スジ知らないと喋れませんからね（笑）。あとは全部劇中の人物に任せちゃっているみたいな感じがするんですね。後ろで見ているんですよ、あたしは演出家としてね。あんまりやり過ぎると、「よしな」

って言うけどね。その「よしな」ってセーブが利かなくなっちゃうときがあるんですよね。こういう滅茶苦茶なのも、いいんじゃないかと思っているんですがね。

「凄いところにいるな」

って、いい悪いは別として、思いますがねぇ、ええ。

『つるつる』へ続く

あとがき

いかがでしたでしょうか、立川談志、おいしくいただけましたでしょうか。

笑ったなァ、文章読んでこんなに笑ったのどれくらいぶりかっていうくらい笑った。現代の感覚からすると言っちゃいけないことのオンパレード、不謹慎極まりない、でもだからこそ生の芸能の魅力が詰まっているんですね。というか、落語の魅力が詰まってる。

誤解しないでいただきたいのは、不謹慎そのものが面白いわけじゃないし危険なことを選んで言っているわけでもなくて、どの事象もフラットに捉えて論じているので、それがタブーかタブーじゃないかなんて線引きはどうでもいいことなのです。世間の常識／非常識の線引きなんて、落語や、落語をやるものには、一尺だ二尺だと言っている世界に、メートルとかヤードとかいう基準をもってくるのとおなじで、ナンセンスなんですよね。でも、現代の日本はどこもメートルが基準になって、丈だ尺だ寸だという基準に懐かしみも覚えていない、お金にしても文とか分とかに馴染みがない、そもそも貧乏でもないし飢えもない。だから落語をやろうとする前に、まくらで「基準」を少しずつ調整していく。知識と想像力、そしてユーモアが揃わないとこうしたまくらは語れないです。口の悪さ、批評性、思考、談志師匠のエキスがこれでもかというほど滲み出ていますね。談志師匠の呼吸、その場で思いついて畳みかけるあの茶目っ気、文章からでも伝わってきます。出版してくださった竹書房さん、本当にありがとうございます。

＜ずっと聴いている連中は一つのプロセスとして談志を観てるから面白いけどね。初めて聴いた奴は、威張ってるほどじゃあねえね。なんて言われるのが関の山でね。＞って自分で言ってるくらいですし、自身でも「言い訳」と言ってますけど、談志師匠は心ない人やはじめての人には「言い訳ばかり」だとか「よくわかんなかった」と平気で言われちゃうリスクもある師匠でした。しかしそこにこの師匠の本質があって、プロセスとして自分の落語を追わないと楽しめないようにしてくれたとも言えます。

ただの「作品」は一度聴いちゃえばそれで充分、でも談志師匠は「立川談志」という、生きて姿を変えるタイプの作品で、高座はその日その時の一形態に過ぎないわけです。この本で語られていることだって矛盾していることがけっこうあるくらいです。一点だけでは捉えられません。両面、いや多面で揺れ動いて楽しんでいるんですこの師匠は。その日その時の一席だけを観て、大したことないな、言い訳だったな、と断じてしまえるその神経に、驕るなお前は何様だと、談志という存在は嚙みついてきます。そんなに簡単にわかられてたまるか、良いか悪いかの判断なんてする資格も権利も、お前なんぞにあるものか、といまだ談志の存在は語り掛けてくる。それがたまんないんだなァ。

〈家に帰りゃこうもり傘五本もあるし。スニーカーも持ってるし、夏冬の靴もありゃ、靴ベラもある。〉

〈だから家にいて、庭に穴掘ってションベンしたり、そんなことして暮らしてる。〉

〈みんな金持ちになっちゃって面白くねえ。〉

〈ロジックを吹き飛ばすために、ユーモアがある。〉

〈正義なんて「正義」って言わないと、その行為が肯定出来ないくらいだらしのない行為だと思えばいいんです。本当にちゃんとしてたら、言う必要ねえもん。〉

〈やればできるどころじゃない、一番うめえんだ、おれは！〉

名言量産しまくりの談志師匠ですけど、この本にもいまのあなたに響く名言が必ずあったはず。談志師匠はいつ読んでも、気づきを与えてくれる存在です。なんかこういうと宗教の教祖みたいなおだて方になってますが、それでも談志師匠の世界の捉え方に触れると、こんな世界も悪くないなって思えちゃうから最高です。大好き！

談志師匠自らが書いたコラムやエッセイと違って、師匠の高座の文字化には、師匠の可愛さも出ていて、また違った味わいがありますね。ごちそうさまでした。

サンキュータツオ（漫才師／日本語学者）

◉サンキュータツオ　プロフィール

一九七六年生まれ。漫才コンビ「米粒写経」として活動。二〇一四年より「渋谷らくご」番組編成。早稲田大学文学研究科日本語日本文化専攻博士後期課程修了。研究テーマは、笑いとレトリック。一橋大、早稲田大、成城大非常勤講師。

QRコードの使用方法

■ 特典頁のQRコードを読み込むには、専用のアプリが必要です。機種によっては最初からインストールされているものもありますので、確認してみてください。

■ お手持ちのスマホにQRコード読み取りアプリがなければ、iPhoneは「App Store」から、Androidは「Google play」からインストールしてください。「QRコード」や「バーコード」などで検索すると多くの無料アプリが見つかります。アプリによってはQRコードの読み取りが上手くいかない場合がありますので、いくつか選んでインストールしてください。

■ アプリを起動すると、カメラの撮影モードになる機種が多いと思いますが、それ以外のアプリの場合、QRコードの読み込みといった名前のメニューがあると思いますので、そちらをタップしてください。

■ 次に、画面内に大きな四角の枠が表示されます。その枠内に収まるようにQRコードを映してください。上手に読み込むコツは、枠内に大きめに収めること、被写体との距離を調節してピントを合わせることです。

■ 読み取れない場合は、QRコードが四角い枠からはみ出さないように、かつ大きめに、ピントを合わせて映してください。また、手ぶれも読み取りにくくなる原因ですので、なるべくスマホを動かさないようにしてください。

『権兵衛狸』

【録音データ】2001年12月27日
第162回 県民ホール寄席にて録音

65歳の立川談志が、長い動物モノのまくらの後に語った軽い噺。実は、この仲入り後に語ったのが名演と称された『芝浜』で、既刊『立川談志まくらコレクション 談志が語った“ニッポンの業”』のQR頁で聴くことが出来る。

パスワード 20011227

『粗忽長屋』

【録音データ】2005年11月29日
第204回 県民ホール寄席にて録音

本書収録のまくら「思想の奴隷」の後に続く落語本編の音声データ。奇しくも、立川談志60代最後の独演会の録音となり、「県民ホール寄席」の出演もこの日を最後に、2011年に逝去した。「県民ホール寄席」の最後の録音。

パスワード　05112901

『らくだ』

【録音データ】2005年11月29日 第204回 県民ホール寄席にて録音

前ページの配信音声の仲入り後の録音。大ネタであったためか、まくらが短く本書に活字で収めなかったが、本編とまくらを合わせた全編の配信音声でお楽しみください。

ちなみに立川談志師匠の誕生日は、戸籍上の届けは1936年の1月2日だが、本当は1935年の12月であったらしい。昔、年齢は正月を境に「数え」で考えるので、「すぐ二歳になるのは可哀想だ」と親の判断で翌月に出生を届けた。この逸話は、立川談志のまくらやインタビューで度々語られている。

パスワード　05112902